내 고양이 박먼지

아기 고양이와 함께 자란
어른 사람의 31개월 그림일기

내 고양이
박먼지

아기 고양이와
함께
자란 어른 사람의 31개월

그림일기

박정은 그림과 글

혜화 11 17

오랜 세월 함께한 반려견이 갑자기 세상을 떠났다. 동물의 생은 왜 이리 짧을까. 이별이 싫다. '내 인생에 더 이상의 반려동물은 없다'고 다짐했다. 그런 나에게 남편은 말했다.

"일찍 떠나보내는 것은 슬프지만, 함께 살며 나누는 행복이 얼마나 커요. 언젠가의 이별이 두려워서 시작도 하지 않는다면 아쉽지 않겠어요?"

'적어도 내 의지로 데려오는 일은 절대 없을 거'라고 생각하면서도 "기회가 된다면 언젠가는……"이라면서 말꼬리를 흐렸다. 내심 어쩔 수 없는 우연으로 인연을 만나기를 기다렸던 것 같다. 그러던 중 먼지를 만났고, 우리의 이야기가 시작되었다.

2014년 11월 먼지와 만난 뒤로 경험하고 느낀 일들을 매일 작은 수첩에 쓰고 그렸다. 행복한 기억도 슬픈 감정도 시간이 지나면 어렴풋한 흔적만 남기고 사라진다. 나는 그 기억들을 붙잡고 싶었다. 힘주지 않고 낙서하듯 가볍게 그린 덕에 지금까지 나의 '그림일기'

는 현재진행형이다. 사랑하는 존재를 그리는 일에 온 정성을 다했다. 나는 이 그림일기를 먼지에 대한 기록으로 여겨왔다. 그런데 다시 보니 내가 이 안에 있다.

2014년 11월 처음 만날 때부터 2017년 봄 무렵까지 약 일곱 권의 수첩에 쌓인 소중한 기억을 우선 책으로 묶었다. 책이 나올 때까지 응원하고 도와준 분들께 감사의 마음을 전한다. 그리고 이 책의 주인공 '내 고양이 박먼지'에게 한마디. '내 곁에 있어줘서 고마워.'

2018년 여름

박정은

차례

먼지와 함께 한
세 번의 가을과 겨울과 봄

그리고

두 번의 여름

작고 까만 고양이.
나를 보고 놀라 구석으로 숨어버리는 아기 고양이.

나에게 와서 '먼지'가 되어준 존재.
우리, 조금씩 가까워지고 있는 거겠지?

창가에 앉은 먼지.
내가 행복한 만큼 너도 행복한 걸까?

큰일이다.
일을 할 수가 없다.

안 보이면 저절로 두리번거린다.
저 구석에 나를 바라보는 먼지가 있다.

무릎 위의 먼지.
나에게 의지하는 작은 몸. 괜히 코끝이 찡.

집에 늦게 들어가면 유난히 따라다닌다.
누가 고양이더러 외로움을 모른다 했는가.

다양한 몸짓으로 마음을 건네는 먼지.
고양이에게 감정이 없다는 말에 나는 동의하지 않는다.

의젓한 먼지, 멋쟁이 먼지, 다 자란 먼지, 나의 먼지,
나의 고양이.

먼지가 없는 나는
상상할 수 없다.

먼지, 만나기 전

오래된 동네 3층 건물에 세든 나의 작업실에서는 주변 한옥 지붕들이 내려다보인다. 지붕 위의 길고양이들을 보는 일은 즐거움 중 하나다.

언젠가부터 고양이 가족이 종종 눈에 띄었다. 새끼를 낳은 듯했다. 어느 날 새끼 중 한 마리가 창문가에 선 내게 다가와 애타게 울었다. 이상했지만 대수롭지 않게 돌아섰다. 가족이 함께 있으니 별일 아니라고 생각했다.

며칠 뒤 소록소록 눈이 내렸다. 여느 때처럼 창가로 나갔다. 지붕 위에 작은 고양이 한 마리가 누워 있었다. 그 작은 몸 위로 눈이 소복하게 쌓여 있었다.

'그때 나를 보며 울었던 건 살려달라는 뜻이었을까? 데려왔다면 살았을까?'

후회했지만 소용없었다.

'언젠가 비슷한 일이 또 생긴다면 절대 외면하지 않으리라.'

그렇게 다짐했다.

2014년 늦가을, 검은 아기 고양이 한 마리가 내게로 왔다.
그는 나에게로 와서 박먼지가 되었다.

야옹

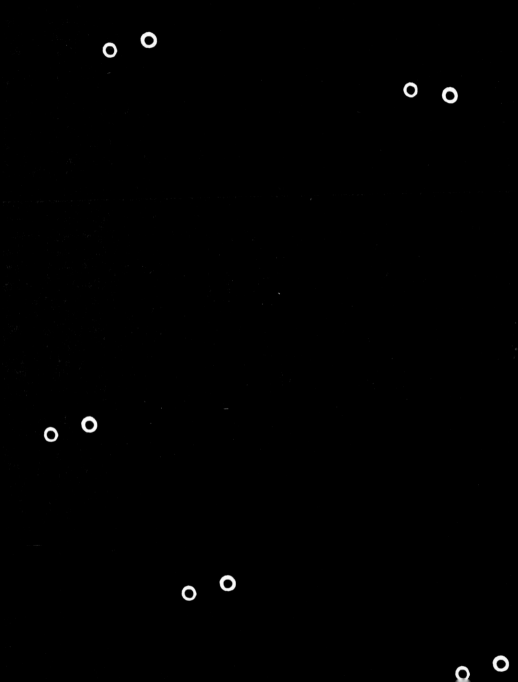

2014년

가을
겨울

2014년 11월 15일 ● <첫 만남>

토요일 밤, 집 밖에서 고양이 소리가 들렸다. 문을 열어보니 작고 까만 아기 고양이가 나를 올려다보고 있다. 아기 고양이에게는 계단도 벽도 높은데 어떻게 여기까지 왔을까? 나를 보고 놀란 고양이는 구석으로 쏙 숨어버렸다.

고양이를 좋아했다. 하지만 11년을 함께 한 반려견 폴을 떠나보낸 뒤 새로운 누군가를 맞을 용기가 나지 않았다. 고양이를 키우고 싶어 하는 남편은 이런 나 때문에 선뜻 말을 꺼내지 못하고 있었다. 그런데 우리에게 운명처럼 검은 고양이가 찾아온 것이다. 혹시 엄마 고양이가 올지도 모르니 아침까지 기다려보기로 했다. 춥고 배가 고플까봐 일단 사료와 물, 상자 집을 마련해주었다.

2014년 11월 16일 ● <나에게 와서 먼지가 되다>

아기 고양이는 밤새 울었다. 그러면서도 가지 않고 그 자리에 있었다. 나와 남편은 인연이라고 생각하기로 했다. 우리가 가족이 되어주기로 했다.

경악!!

먼지는 집 안으로 들어오자마자 도망쳤다.

화장실이 가장 안전하다고 생각했는지 변기 뒤에 숨어 나오지 않았다.
까맣고 솜털이 부숭부숭한 모습이 마치 '먼지뭉치' 같았다.
녀석의 이름은 먼지가 되었다. 박먼지.

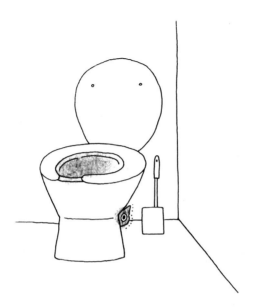

2014년 11월 17일 ● <언젠가는 그치겠지>

먼지는 계속 울었다. 몸은 자그마한데 목청은 얼마나 큰지. 밤에도 자지 않고 울었다. 낮에는 꾸벅 졸다가 화들짝 놀라며 깼다. 그리고 다시 울었다. 우리 집이 골목 끝에 있는 주택이어서 그나마 다행이었다. 이틀째 잠을 설쳤지만 언젠가 그치겠지. 기다려보자.

2014년 11월 18일 ● <먼지 엄마>

먼지가 온 지 사흘째. 밖에서 소리가 났다. 문을 열어보니 큰 고양이가 있었다. 집 안에서 나는 먼지의 울음소리에 귀를 기울이는 듯했다. 젖이 부풀어 있는 걸 보니 새끼를 낳은 지 얼마 안 된 듯했다. 밥을 넉넉히 챙겨주고 들어왔다.

먼지 엄마라고 해도 돌려보내고 싶지 않았다. 그런데 이번에는 다른 아기 고양이들의 울음소리가 들렸다. 엄마 고양이가 다른 새끼들을 데리고 온 것이다. 한 배에서 난 듯 먼지와 크기도, 무늬와 색도 비슷했다. 엄마 고양이가 자기 새끼를 돌려달라고 하는 것 같았다.

'먼지를 보내야 할까? 어떻게 하는 게 먼지를 위해 좋은 걸까?'

우선 먼지를 만나게 해서 엄마 고양이의 반응을 보기로 했다. 그냥 두면 우리가 키우고, 품어 준다면 보내야겠다고 생각했다. 밖으로 나간 먼지는 고양이들에게 선뜻 다가가 코를 킁킁댔고, 엄마 고양이는 먼지를 핥아주었다. 그렇게 행복해 보이는 모습은 처음이었다.

후다닥~

엄마 고양이가 먼저 계단을 반 정도 올라갔다. 먼지도 허겁지겁 따라갔다. 다리가 짧아 닿지도 않는 계단에 열심히 매달렸다. 바닥에 굴러 떨어져도 포기하지 않았다. 필사적으로 바둥거리는 모습에 눈물이 날 정도였다. 그러더니 어느새 그 높은 계단을 빠르게 뛰어 올라갔다. 놀라서 부랴부랴 따라갔지만, 순식간에 사라졌다. 그렇게 먼지는 내 곁을 떠나버렸다.

큰 소리로 울어대던 먼지가 없으니 집 안이 적막하고 쓸쓸하게 느껴졌다. 고작 사흘.
늘 하악거리며 우리에게 다정하지도, 마음을 열지도 않았지만 먼지가 그리웠다.
우리에게 먼지는 이미 가족이었다.

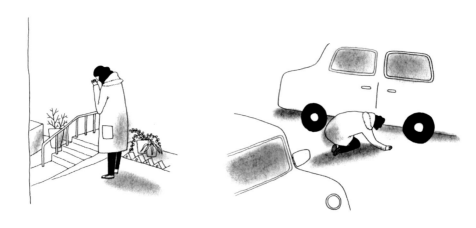

2014년 11월 20일 ● <먼지야! 먼지야!>

먼지가 사라졌다. 다른 새끼 고양이들은 보이는데 먼지는 없었다. 혹시 사람 냄새가 난다고 버려진 것은 아닐까? 길고양이들은 다 자라기 전에 죽는 일이 많다는 얘기를 들으니 겁이 났다. 날씨도 점점 추워지는데 어쩌나. 여기저기 먼지를 찾아 기웃거렸지만 먼지는 보이지 않았다.

안 좋은 생각만 거듭했다. 죄책감이 들었다. 먼지가 가족과 함께 행복하게, 건강하게 자라기를
바란 건데 우리가 잘못한 걸까? 먼지를 보내지 말 걸 그랬나?

2014년 11월 24일 ● <재회>

일주일이 지났다. 출근하려는데 우리 집과 옆집 벽 틈 사이에서 고양이 울음소리가 들려왔다.
귀에 익은 목소리였다. 냄새를 맡고 나오라고 벽 쪽 창가에 통조림을 뒀다. 만약 먼지라면, 이번
에는 정말 가족이 되어주자고 결심했다. 잠시 후 고양이 한 마리가 통조림 쪽으로 조심스럽게
다가왔다.

먼지였다. 잔뜩 긴장해서 울기만 하던 먼지가 이번에는 마음껏 밥을 먹고, 조금 울다가 집 안으로 들어와 곤히 잠들었다. '다시 와줘서 고마워. 두 번이나 우리 곁으로 왔으니 좋은 가족이 되어줄게.' 잠든 먼지를 보며 그렇게 마음속으로 약속했다.

2014년 11월 24일 ● <동물병원>

동물병원에 가기로 했다. 아직 준비가 덜 된 우리에게 이동장이 있을 리 없었다. 작은 상자에 수건을 깔고 따뜻한 물이 담긴 페트병도 넣었다. 집에서 가장 가까운 동물병원을 찾았다. 수의 사 선생님은 종합접종을 하기에는 아직 먼지가 체력이 약하다고 했다. 잘 먹이고 건강해진 후 에 다시 오기로 했다.

먼지는 유난히 겁이 많은 것 같다. 무조건 하악거린다.

"동물도 성격이 다 달라요. 사람을 좋아하는 고양이도 있지만, 곁을 내주지 않는 녀석들도 있어요. 사람 맘대로 못해요."

선생님 말씀을 들으니 어쩌면 먼지는 우리와 같이 살고, 주는 밥은 먹지만 끝까지 마음을 열지 않을 수도 있겠다는 생각이 들었다. 그래도 어쩔 수 없지.

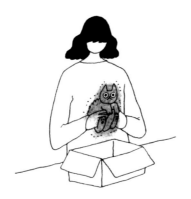

먼지와 나의 마음의 거리.
좀처럼 좁혀지지 않는다.

2014년 11월 25일 ● <화장실 마련>

가장 먼저 마련한 것은 화장실용 모래였다. 상자를 적당히 자른 뒤 응고형 모래를 부어주면 끝. 모래 위에서 장난감을 흔들자 상자로 들어와 냄새를 맡았다. 때가 되자 모래 위에 오줌을 싸고 꼼꼼히 모래로 덮는다. 가르쳐주지도 않았는데 본능이란 대단하구나.

2014년 11월 26일 ● <상자 벽을 세우다>

"먼지는 경계심이 많으니까 한 번에 넓은 공간을 경험하게 하지 말고, 작은 방부터 점점 영역을 넓혀주세요."

수의사 선생님의 말씀을 듣고 방 한쪽에 상자로 벽을 만들었다. 방문이 없는, 개방형 구조인 우리 집에서는 이 방법밖에 없다. 먼지에게 이 상자 벽은 얼마나 높아보일까. 하지만 곧 폴짝 뛰어넘겠지?

2014년 11월 28일 ● <마음을 나누는 데는 시간이 필요하다>

바닥에서 작업했다. 먼지랑 친해지고 싶어서였다. 먼지는 구석에서 나올 생각을 안 한다. 나를 보며 괜히 하악거리기만 한다. 하긴 낯설고 무섭겠지. 해치지 않을 거라는 믿음을 너는 언제쯤 갖게 될까.

마음을 나누려면 시간과 노력이 필요하다.
저절로 되는 것은 아무것도 없다.

2014년 11월 30일 ● <버들강아지의 효용>
버들강아지에 이렇게 열광할 줄이야. 버들강아지를 보고 눈이 동그래진 먼지가 작고 동그란
앞발로 때리며 논다. 권투라도 하는 것처럼. 신나게 놀더니 뒤늦게 나를 발견하고 화들짝 놀라
냅다 줄행랑쳤다. 그래놓고 저도 겸연쩍은지 작은 소리로 야옹, 하고 운다.

2014년 12월 2일 ● <작업 불가능>

큰일 났다.

일을 할 수가 없다.

2014년 12월 6일 ● <우리는 아무것도 못 봤어요>

고양이는 일을 볼 때 누가 보고 있으면 수치심을 느낀다고 한다. 먼지가 일을 볼 때면 우리는 자연스럽게 딴청을 피워준다. 뭐 사실 먼지는 쳐다보든 말든, 자신만만한 표정으로 볼일을 보지만 말이다.

2014년 12월 8일 ● **<종합접종>**

드디어 종합접종 주사를 맞았다. 뼈가 만져질 만큼 말랐던 먼지가 어느새 몸무게가 두 배나 늘었다. 뿌듯한 나와 달리 먼지는 병원이 무서웠나보다. 털을 잔뜩 세우고 부들부들 떨다 왔다. 집에 도착하자 좋아하는 방석에서 그루밍*을 하다 잤다. 이제 제법 우리 집을 편안하게 느끼는 것 같다. 여러모로 마음이 놓인다.

＊그루밍(grooming) : 고양이가 혀로 핥으며 털을 손질하고 몸을 치장하는 행위.

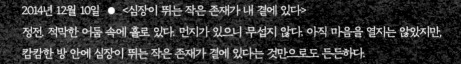

2014년 12월 10일 ● <심장이 뛰는 작은 존재가 내 곁에 있다>

정전. 적막한 어둠 속에 홀로 있다. 먼지가 있으니 무섭지 않다. 아직 마음을 열지는 않았지만, 캄캄한 방 안에 심장이 뛰는 작은 존재가 곁에 있다는 것만으로도 든든하다.

하악~

먼지야..

간절..

2014년 12월 11일 ● <가까이하기엔 아직 너무 먼>

먼지에게 남편은 여전히 무섭고 낯선 존재다. 친해지려고 노력하는 것을 보면 눈물겹다. 간식 냄새에 이끌려 다가오긴 하지만 한참을 머뭇거린다. 하악거리며 위협을 한 번 하고 냉큼 간식을 물고 멀찍이 도망가 먹는다. 먹다가도 누가 빼앗기라도 하는 것처럼 꿍얼꿍얼 말이 많다. 친해지기 참 어렵구나, 너!

2014년 12월 15일 ● <조금씩 가까워지고 있는 거니?>

함께 잠을 자면 빨리 친해진다고 한다. 바닥에 누워 있으니 먼지가 조금씩 다가왔다. 바로 옆까지 다가오자 장난기가 발동했다. 얼굴을 확 들이밀었더니 깜짝 놀라며 후다닥 도망을 친다. 그런 스스로가 자존심이 상했는지 위협하듯 몸을 부풀리고 다시 한번 다가왔다. 이번엔 저 혼자 놀라서 후다닥. 느리긴 하지만 조금씩 가까워지고 있다. 하루하루가 소중한 순간이다.

1

2

2014년 12월 16일 ● <배변 처리반 1>

먼지가 똥을 싸면 그걸 치우는 건 사람인 우리의 몫이다. 가끔 자신의 '응가'를 처리하는 우리를 먼지가 물끄러미 바라볼 때가 있다. '내가 무슨 일을 하는지 너는 아니?' 묻고 싶다.

1. 똥을 싼다.

2. 열심히 모래 속에 묻는다.

3. 재빨리 다가가 삽으로 퍼서 봉지에 담는다.

4. 가져가서 버린다.

*감자 : 응고형 모래에 오줌을 싸면 모래가 녹으면서 주먹만 한 덩어리로 뭉쳐지는데 묘주들은 이를 감자라고 부른다.

*맛동산 : 똥. (자세한 설명은 생략.)

말은 통하지 않지만

우리에게는 눈빛이 있다.

2014년 12월 23일 ● <장난감 개발의 기쁨>

먼지 장난감 개발이 매일의 낙이다. 새로운 장난감을 만들어주면 앞발로 톡톡 쳐보고, 물고, 달리며 한참을 논다. 뿌듯한 순간. 새로운 걸 만들어줬는데 먼지가 좋아하면 내가 쓸모 있는 사람이 된 것 같아 기분이 좋다.

3

4

1. 휴지심 양쪽에 칼집을 낸다. 칼집을 벌리면 수레바퀴 모양이 된다.

2. 앞발로 밀면서 잘 가지고 논다.

3. 비닐봉지에 숨을 불어넣는다.

4. 훌륭한 공놀이 장난감이 된다.

5

5. 노끈이나 털실을 꽁꽁 묶으면 공이 된다.

이 작은 공을 얼마나 좋아하는지 모른다. 만들어주면 축구를 하듯 이리저리 굴리기도 하고,

혼자 패스도 하며 신나게 논다.

6

팡팡팡-

6. 공을 공중에 매달아준다. 누워서 뒷발로 팡팡 차며 논다.

2014년 12월 27일 ● <나에게 의지하는 작은 무게>
먼지가 의자 옆에 앉아 나를 보는 일이 점점 늘어났다. 팔
을 내리면 기다렸다는 듯 내 팔을 꽉 안는다. 묵직한 먼지
를 들어올려 내 무릎 위에 올려놓으면 어느새 새근새근 잠
이 든다. 나에게 의지하는 작은 무게에 괜히 코끝이 찡해
진다.

2014년 12월 28일 ● <세상에 좋기만 한 일이 어디 있으랴>
먼지가 이불에 '실례'하는 일이 점점 늘어난다. 이불을 너느라 의자가 부족할 지경이다. 겨울이
라 잘 마르지도 않아 여분의 이불도 남아 있지 않다. 매일 아침에 일어나 빨래를 하는 것도 지
겹고 화가 났다.

2014년 12월 29일 ● <먼지야, 너 어디 아파?>

고양이가 이불에 오줌을 싸는 것에도 이유가 있다고 한다. 스트레스를 받거나, 화장실이 마음에 안 들거나, 건강이 안 좋을 때 그럴 수 있다고 한다. 먼지도 뭔가에 스트레스를 받는 걸까? 건강에 문제가 있나? 혹시 방광염? 걱정된다.

2014년 12월 30일 ● <도와주려고 했을 뿐인데!>

이제는 화장실에도 가지 않는다. 변비인 것 같다. 엄마 고양이가 핥아주듯이 따뜻한 물에 적신 수건 등으로 '똥꼬'를 톡톡 건드려주면 도움이 된다고 한다. 그렇게라도 해볼까, 싶었지만 귀신 같이 알고 이리저리 도망간다. 급한 마음에 꼬리를 잡았더니 화를 내며 도망가버렸다. 도와주려고 한 건데 서러웠다.

2014년 12월 31일 ● <너의 쾌변은 나의 기쁨!>

먼지가 볼 일을 못 본 지 사흘째. 덜컥 겁이 났다. 병원에 데리고 갔다. 큰 이상 없으니 소화에 좋은 통조림과 물을 많이 먹여보라고 하신다. 물 먹이고 배변 상황 살피는 게 큰 일과가 됐다. 정성이 통했다. 먼지의 쾌변은 나의 기쁨. 행복은 바로 여기에 있었다. 먼지야, 건강하게만 자라다오! 지금껏 살면서 누군가 화장실에서 볼 일을 본 것으로 이렇게 기뻐한 적이 있었나?

2015년

겨울
봄
여름
가을

다시 겨울

2015년 1월 3일 ● <우다다다>

먼지는 눈에 띄게 자란다. 신나게 뛰어노는 게 일이다. 다리 힘도 부쩍 세져서 점프도 잘한다. 방 안의 의자들은 아주 우습고, 책상 위까지도 가뿐하다. 책상 위를 우다다다 달리는 통에 물건들이 쓰러지고 바닥에 떨어진다. 노트북은 특히 공략 대상이다. 시도 때도 없이 자판 위를 뛰어다니고, 제풀에 지쳐 자판 위에서 쿨쿨 잔다.

2015년 1월 4일 ● <단호한 거절>

2015년 1월 5일 ● <아픈 만큼 가까워지는 걸까?>

작업하고 있으면 멀리서 호기심 가득한 시선이 느껴진다. 공략 대상은 내 손이다. 엉덩이를 씰룩거리며 호시탐탐 때를 노리는 모습이 정말 귀엽다. 그러나 저 귀여움은 잠시. 아차, 하는 순간 공격을 해온다. 고양이 송곳니에 물리고 피나는 건 절대 즐거운 일이 아니다.

덕분에 나의 양팔은 크고 작은 상처투성이다. 연고를 핸드크림처럼 바르며 산다. 처음에는 아프지만 시간이 조금 지나면 어느새 상처가 아문다. 다시 상처가 나고 다시 아물며 나와 먼지는 그만큼 가까워지는 걸까? 우리의 관계는 깊어지는 걸까?

눈빛발사

고양이를 먼저 키운 친구들은 어릴 때 버릇을 잘못 들이면 커서도 문다고 했다. 이도 발톱도 더 뾰족해져서 그 아픔도 비교할 수 없이 더 커진다고 한다. 콧등을 세게 때려주라고 하는데, 그게 절대 쉬운 일이 아니다. 초롱초롱한 눈망울로 나를 바라보는 먼지. 이렇게 작고 귀여운 아이를 어떻게 때릴 수 있단 말인가. 차라리 내 손을 내놓고 말겠다.

2015년 1월 7일 ● <형이 궁금해>

내 화장실에서
뭐하는 거지?

조금 무섭지만
다가가볼까..

먼지 왜 그래?

그렇게 위험한
인간은 아닌가보군.

2015년 1월 8일 ● <청소기에 관한 오해>

할짝

2015년 1월 9일 ● <마음을 표현하는 방식>

먼지가 처음으로 내 손을 핥아준 날. 마음이 찡했다. 녀석이 조금은 마음을 연 걸까? 소심한
고양이도 나름의 방식으로 감정을 표현한다. 애정을 담아서 계속 바라보면 알아챌 수 있다.

2015년 1월 10일 ● <노력이 가상해 참는다>

의자를 딛고 책상으로 점프하는 먼지. 작업이 불가능하다. 의자를 치우면 좀 나을까? 웬걸! 발톱을 날카롭게 세워 한 발 한 발 찍으며 내 다리를 타고 올라온다. 끙끙대는 그 노력에 감동할 지경이다. 내 다리는 온통 피루성이가 됐다.

2015년 1월 12일 ● <감출 수 없는 본능?>

먼지는 생선이나 닭가슴살을 먹고 있을 때 다가가면 무섭게 소리를 지르며 경계한다. 매서운 눈빛으로 덩어리를 물고 구석으로 들어가 거칠게 먹는다. 먼지가 먼지 아닌 것처럼 낯설다. 숨어 있던 야생성이 살아나는 걸까?

2015년 1월 13일 ● <너는 즐겁냐? 나는 서운하다!>
낚싯대 장난감을 처음 본 먼지의 반응은 폭발적이었다. 동공과 콧구멍이 동시에 확장되더니
열광적으로 점프했다. 한 번 입에 물면 절대 놓지 않았다. 그동안 내가 만들어준 장난감에 이
정도로 열광한 적은 결코 없었다. 서운하다.

2015년 1월 15일 ● <기대의 좌절>

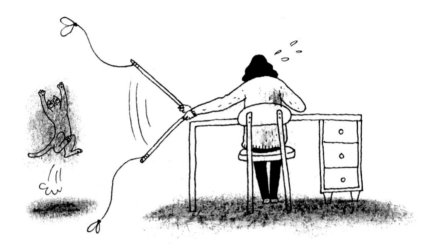

2015년 1월 17일 ● <웃고 있어도 눈물이 난다>

책상에만 앉으면 올라와서 방해하는 먼지. 왼손에는 장난감, 오른손으로는 작업하는 경지에 올랐다. 20분 정도면 되겠지, 싶었으나 먼지는 지칠 줄 모른다. 너의 즐거움이 나의 기쁨이긴 하지만…… 웃고 있어도 눈물이 난다.

2015년 1월 19일 ● <나랑 닮아 좋은 걸까?>

먼지는 겁이 많고 사람을 무서워한다. 한 사람에게만 마음을 열면 집착도 심해질 수 있으니 많
은 사람을 만나게 해주라는 조언을 수의사 선생님께 들었다. 나만 좋아하는 것 같아 괜히 우
쭐하기도 했는데 그럴 일이 아니었다. 어쩌면 사회성도 애교도 없는 모습이 나와 똑 닮아서 먼
지를 더 좋아하고 있는 건지도 모르겠다. 먼지의 사회성을 키워주기 위해 노력해야겠다. 하지
만 어떻게?

2015년 1월 20일 ● <머리카락 집착과 애정의 상관관계>

내 머리카락에 집착하는 먼지. 의자 등받이를 타고 올라와 머리카락을 먹기도 하고, 발톱으로 빗겨주기도 한다. SNS에 물으니 애착이나 유대감을 느끼는 고양이들의 애정표현이라고 한다. 그런 거였니? 감동해서 마음이 찡하다.

2015년 1월 21일 ● <화장실의 합리적 선택>

그동안 사용한 화장실 모래는 응고형 모래˙였다. 그런데 이 모래를 사용하면 결석이나 방광염이 생길 수 있다고 한다. 사막화˙도 만만치 않다. 고민 끝에 우드펠릿˙으로 바꿔줬는데 맘에 들지 않는지 통 가지를 않는다. 오히려 더 안 좋겠다 싶어 이번에는 두부 모래˙로 바꿔줬다. 지금까지는 가장 합리적인 선택으로 보인다.

˙ 응고형 모래 : 벤토나이트(Bentonite). 소변에 닿으면 응고된다. 자연 모래와 가장 비슷해서 고양이들이 좋아한다.
˙ 사막화 : 고양이는 냄새를 감추기 위해 배변을 모래로 덮는다. 그 과정에서 모래가 튀어나와 바닥에 흩어지는 현상.
˙ 우드펠릿(Wood Pellet) : 나무를 가루내 작은 크기로 응고시킨 것. 입자가 크고 나무향이 강해 거부하는 고양이도 많다.
˙ 두부모래 : 콩비지를 이용해 모래 형태로 만든 것. 물에 잘 녹아 변기에 버려도 된다. 사막화 현상이 적고 친환경적이다.

먼지야~ 놀자~ 먼지~

2015년 1월 22일 ● <이게 발가락으로 보인다고 생각해?>

발가락을 꼼지락거리고 있으면 먼지는 화들짝 놀란다. 발가락을 향해 털을 세워 위협을 하더니, 후다닥 도망을 가버렸다. 고양이 눈에 인간은 얼마나 커보일까? 어쩌면 하나의 몸이 아니라 손 따로 발 따로 입 따로 각각 다른 생명체로 보고 있는 건 아닐까? 그렇다면 우리가 다가갈 때마다 얼마나 무서울까?

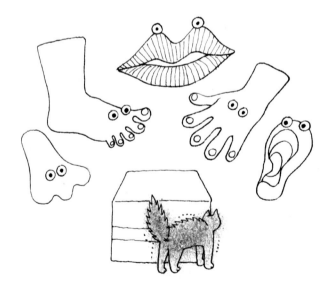

2015년 1월 23일　●　<그래, 다 내 탓이야!>

남편과 나는 퍼즐을 좋아한다. 둘 다 퍼즐 맞추느라 미처 못 본 사이 녀석이 퍼즐 위를 전력 질주하고는 냉큼 달아나버린다. 아마도 호시탐탐 기회를 노렸던 듯하다. 재미를 붙였는지 우리가 퍼즐만 하면 이제나저제나 습격의 기회만 노리고 있다.

나는 평소처럼
그냥 뛰어갔을 뿐인데
왜 화를 내지?

"고양이와 함께 살면 퍼즐은 꿈도 못 꿔!"
이 말이 무슨 뜻인지 이제야 이해했다.

2015년 1월 24일 ● <너, 제법이다!>
점프 실력이 일취월장하는 먼지. 임시로 만들어둔 상자벽 정도는 문제없다. 벽을 치워주니 온 집 안을 자신만만하게 돌아다닌다. 박먼지, 너 많이 컸다!

박먼지~

2015년 1월 25일 ● <나의 옆자리>
"박먼지" 하고 부르니 얼른 달려와 옆자리에 앉는다.
눈물 날 뻔했다.

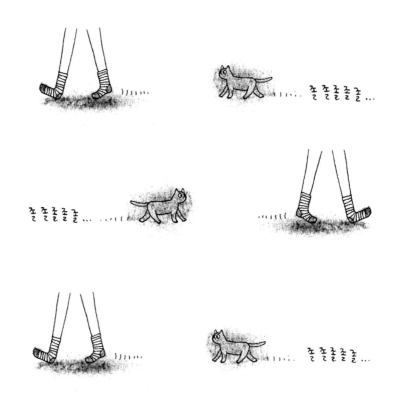

졸 졸 졸 졸 졸...

졸 졸 졸 졸 졸...

졸 졸 졸 졸 졸...

2015년 1월 26일 ● <어딜 가든 졸졸졸>

화장실에 갈 때도 졸졸졸, 방에 들어가도 졸졸졸. 나를 잔뜩 경계하던 작은 길고양이가 어느새 강아지 같은 박먼지가 되었다.

2015년 1월 27일 ● <문 앞에서 기다리는 네 마음은 어떤 걸까?>

샤워하러 들어가면 먼지는 문 앞에 다리를 모으고 앉는다. 나올 때까지 가만히 자리를 지킨다. 그 모습을 볼 때면 뭉클하기도 하고 안쓰럽기도 하다. 문 앞에서 기다리는 먼지의 마음은 어떤 걸까?

2015년 1월 28일 ● <먼지가 싫어하는 것>

고양이는 육식동물이라 과일을 별로 좋아하지 않는다. 먼지는 특히 귤을 싫어한다. 껍질을 얼굴에 대면 바로 눈을 찡그린다. 이상한 표정을 지으며 얼른 도망간다. 그 표정이 참 재미있다.

2015년 1월 29일 ● <귤껍질 작전>

작업을 할 때 먼지가 노트북 위로 올라와서 방해한다. 더는 못 참겠다. 노트북 위에 판자를 놓고 그 위에 귤껍질을 올려놨다. 그랬더니 올라오지 않았다. 오, 이런 좋은 방법이!

하지만 평화도 잠시. 판자 밑으로 손을 넣어 자판을 치고 있으니 먼지도 판자 밑으로 앞발을 넣어서 내 손을 공격했다. 고양이는 인간의 행동을 잘 관찰해서 똑같이 한다는 이야기를 들었다. 정말 그런가보다. 작전은 실패했다.

2015년 1월 30일 ● <독박 육묘 1>

먼지는 낮잠을 실컷 자고 새벽 세 시쯤 깬다. 일어나면 혼자 놀지 않고 큰 소리로 울면서 내 발과 손, 머리카락을 끝없이 공격한다. 일어날 때까지. 머리부터 발끝까지 이불로 돌돌 말아 방어해보지만, 소용이 없다. 방 밖으로 내보내면 더 크게 울면서 방문을 긁는다.

2015년 2월 5일 ● <독박 육묘 2>

그런 먼지를 달래주는 건 늘 나였다. 프리랜서인 나와 달리 남편은 출근해야 하니까 자연스럽게 그렇게 되었다. 하지만 매일 잠을 설치다보니 피곤했다. 서재 바닥에 담요를 깔고 발가락에 먼지 장난감을 끼고 누워 있는 내 모습이 속상했다. 새벽마다 깨어나는 먼지가 야속하고 밉기까지 했다.

2015년 2월 7일 ● <독박 육묘 3>

독박 육아란 이런 것인가. 아이를 낳으면 비슷한 상황이 벌어지겠지? 먼지는 제멋대로 날뛰는 데다 체력까지 좋았다. 혼자서 돌보는 것은 힘들고 외로웠다. 이대로는 안 된다.

계약 체결!!

2015년 2월 8일 ● <긴급회의>

긴급회의를 소집했다. 남편은 한번 잠이 들면 숙면을 하는 사람이다. 전혀 몰랐다며, 모든 일을 나에게 떠맡긴 것 같아 미안하다고 말했다. 앞으로는 교대로 먼지를 돌보기로 약속했다.

2015년 2월 12일 ● <책임은 나누는 것>

매일 출근해야 하는 사람이 새벽에 먼지와 놀아주는 건 쉬운 일이 아니다. 잠깐 망설이기도 했지만 우리는 가족이다. 한 생명을 돌보는 일은 함께해야 하며, 우리 둘 다 같은 무게의 책임을 져야 한다.

2015년 2월 15일 ● <대책 마련>

좀 더 근본적인 대책을 세워야 했다. 먼지가 새벽에 깨지 않게 하려면 어떻게 해야 할까? 머리를 맞대고 고민하던 우리는 효과적이고 현실적인 방법을 찾았다. 저녁에 각자 일을 마치고 집에 돌아오면 자기 전까지 먼지와 열심히 놀아주는 것이다. 최대한 피곤하게 만드는 것이 포인트였다. 그런 날이면 먼지는 제법 늦게까지 잘 잤다.

2015년 2월 28일 ● <평화도래>

먼지는 이제 자연스럽게 우리와 함께 자고 함께 일어난다. 서로의 생활 패턴에 익숙해지는 데
는 시간이 필요하다. 문제가 해결되니 평화가 찾아왔다.

2015년 3월 1일 ● <뜻밖의 희생자 1>

매일 난과 권투하는 먼지. 단 하루도 훈련을 게을리하지 않는다. 연두색 잎들이 점점 노랗게 변해갔다. 난 잎은 먹을 수도 없는데 왜 그러는 걸까? 결국 오늘 난 화분이 쓰러졌다. 화분이 가벼워 늘 불안했는데, 결국 깨지고 말았다. 앞으로 우리는 과연 집에서 식물을 키울 수 있을 것인가?

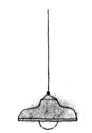

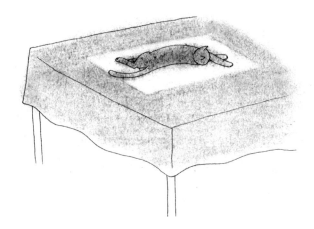

2015년 3월 3일 ● <너는 홀로 이런 시간을 보내는구나>

먼지와 함께 있으면 작업은 거의 불가능. 주로 작업실에 나가 일을 하는데, 오늘은 오랜만에 집에 있었다. 창가에 햇빛이 들어오자 먼지가 창가에 앉아 한참 밖을 내다본다. 그러다 식탁 위로 올라가 햇볕을 쬐며 뒹굴뒹굴하다 잠이 든다. 아무도 없는 집에서 그동안 먼지는 이렇게 하루를 보냈겠구나. 말썽도 안 부리고, 기특한 녀석. 그런 먼지를 보다가 역시 오늘도 일은 거의 못 했다.

2015년 3월 7일 ● <나 여기 있지!>

먼지가 안 보이면 저절로 두리번거리게 된다. 저 구석에 자신을 찾고 있는 나를 바라보는 먼지가 있다.

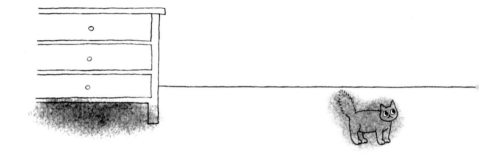

먼지와 나의 마음의 거리. 이만큼 가까워졌다.

2015년 3월 12일 ● **<중성화 수술 1>**

때가 되었다. '먼지의 묘생에 개입해도 되는 걸까? 그럴 권리가 있나?' 고민했다. 중성화 수술은
질병 예방에도 좋고, 발정기 때 생기는 트러블(예를 들면 집 안에 영역 표시, 큰 소리로 울기, 집 밖으로
도망)도 막을 수 있다고 한다. 현실적으로 새끼를 낳는다고 해도 우리가 돌볼 수도 없고, 입양
을 보내는 것도 한계가 있다. 먼지를 평생 행복하고 안전하게 돌보기 위해서는 중성화 수술이
꼭 필요하다고 생각했다.

2015년 3월 13일 ● <중성화 수술 2>

수술했다. 전신마취를 하면 혀가 입 밖으로 나오니 놀라지 말라고 수의사 선생님이 미리 말씀
하셨지만 마취된 모습은 확실히 충격이었다. 수컷은 수술이 간단해서 반나절이면 퇴원할 수
있다고 했다. 그런데도 기다리는 동안 이런저런 걱정으로 전전긍긍했다.

수술 성공!
자기 몸에 무슨 일이 일어난 건지 먼지는 알까?

집에 돌아온 먼지는 목 보호대 때문에 자꾸 이곳저곳 쿵쿵 부딪쳤다. 집 안 여기저기를 신나게 돌아다니던 녀석이 휘청거리며 다니다 혼자 화들짝 놀라기도 한다. 이 상황을 설명해줄 수 없으니 마음만 아팠다.

2015년 3월 17일 ● <중성화 수술 3>

수술 후 나흘째. 아직 목 보호대를 하고 있다. 상처 부위가 아물 때까지 핥거나 건드리지 않게
하려면 어쩔 수 없다. 물을 마시다가 물그릇을 수없이 엎고, 통조림을 먹을 때면 얼굴과 보호
대는 물론이고 바닥에도 다 흘리며 먹는다. 뛰어다니면서 여기저기 부딪치다가 유리병과 밥그
릇을 깨기도 했다. 그렇다고 화를 낼 수도 없다. 먼지라고 그러고 싶지는 않겠지.

2015년 3월 18일 ● <중성화 수술 4>

제법 적응이 됐나보다. 돌아다니는 것도 자연스럽고, 밥도 잘 먹는다. 중성화 수술을 하면 식욕
이 늘어난다던데. 그래서 그런 건지 밥을 주면 누가 빼앗아가기라도 할 것처럼 내 손을 꼭 잡
고 허겁지겁 맛있게 먹는다. 왕성한 식욕으로 살이 찐다는데, 하다가도 씩씩하게 잘 적응하니
대견할 따름이다. 상실감을 느끼지 않도록 더 많이 사랑해야지.

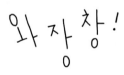

2015년 3월 22일 ● <세상 모든 일이 첫 경험>

먼지가 사고를 쳤다. 싱크대 선반 위의 그릇을 떨어뜨렸다. 놀라서 가보니 먼지는 더 놀란 듯하다. 다행히 다친 곳은 없었다. 아끼던 그릇이 깨진 건 속상하지만 먼지를 혼내고 싶지는 않았다. 먼지에게는 세상 모든 것이 처음일 테니까. 그릇을 떨어뜨리면 깨진다는 것, 깨진 그릇을 밟으면 아프다는 것도 아직 모른다. 하나씩 차근차근 배워가야 한다. 그 옆에 내가 늘 있어주고 싶다.

2015년 3월 24일 ● <자기만의 방>

먼지는 상자를 좋아한다. 그중에서도 특히 좋아하는 상자가 있다. 좋아하는 장난감을 담아두고, 그 안에 들어가 물고 씹고 뒹굴며 논다. 먼지에게도 자기만의 방이 필요한 걸까?

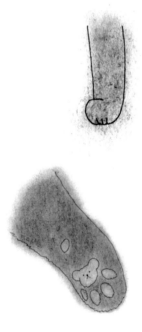

2015년 3월 27일 ● <반전 매력>

작고 사랑스러운 먼지의 발. 면봉처럼 동그랗다. 그 발에 밟히면? 먼지의 온 무게가 그 발에 실린 듯 야무지게 아프다. 까만 곰도 살고 있다. 무척 귀여운 반전 매력 포인트.

2015년 3월 28일 ● <불편해도 괜찮아!>

내 무릎 위에서 자던 먼지가 자리를 바꿨다. 의자에 깔아둔 전기방석의 따뜻함이 좋은가 보다. 먼지에게 자리를 뺏겨 작업하는 자세가 영 편치 않다. 하지만 쿨쿨 자는 먼지를 보는 건 즐겁다.

2015년 3월 29일 ● <삼각관계>

나와 남편, 먼지는 삼각관계. 티격태격하면서 서로에게 마음을 열어가는 중.

2015년 4월 5일 ● <감정 있는 흰 수염>

먼지에게 흰 수염 두 가닥이 생겼다. 수염에도 감정이 있다. 호기심이 생기면 더듬이처럼 '앞으로 나란히'를 하고, 심통이 나면 물결무늬를 만든다. 먼지의 얼굴에서 화가 달리의 얼굴이 떠오를 때도 있다.

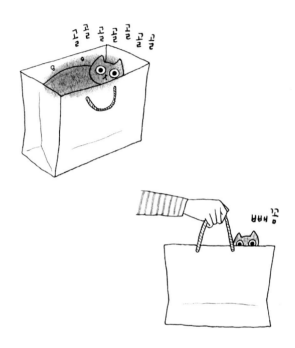

2015년 4월 12일 ● <배달 갑니다>

고양이는 호기심이 많은 동물이다. 새로운 물건을 보면 냄새를 맡고 관찰하는 걸 좋아한다. 먼지는 바스락거리는 종이 쇼핑백을 특히 좋아한다. 호기심 가득한 표정으로 관찰하다가 반드시 그 안에 들어간다. 먼지가 쇼핑백에 들어가면 우리는 장난으로 번쩍 들어서 "배달 갑니다" 하면서 이 방 저 방 옮겨 다닌다. 당황해서 눈을 동그랗게 뜨고 우리를 바라보는 모습이 사랑스럽다.

2015년 5월 7일　●　<우리를 신뢰하고 있다는 사인>

먼지가 소리 없이 입 모양으로만 인사를 할 때가 있다. 새끼 고양이가 어미 고양이에게만 들리는 소리로 어미를 부르던 버릇이라고 한다. 먼지가 우리를 어미만큼 믿고 있다는 뜻이다. 가족으로 인정받는 기분이 든다. 그때마다 무척 기쁘다.

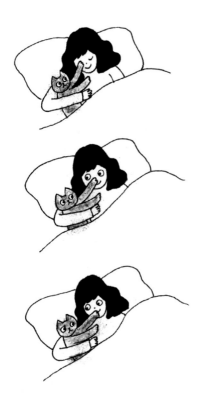

2015년 5월 15일 ● <동물에게 마음이 없다는 말에 동의하지 않는다>

자다가 문득 잠이 깼다. 먼지를 꼭 안아주니 내 눈에 한 번, 코에 한 번, 입술에 한 번 발을 대주고, 가만히 바라보더니 다시 잠이 든다. 동물에게 마음이 없다는 말에 동의할 수 없다.

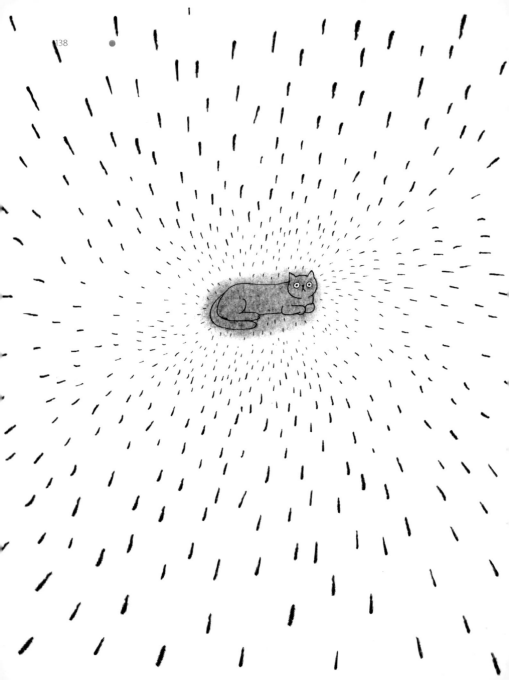

2015년 5월 20일 ● <낯선 이의 옷에 붙은 동물의 털이 반가워지는 경지>
(공포의) 털갈이가 시작되었다. 자주 빗겨줘야 한다.

낯선 사람의 옷에 붙어 있는 털을 보면 괜히 반갑다.

2015년 5월 23일 ● **<고맙고도 복잡한 마음>**

창문을 열어두니 집 안으로 왕파리들이 들어왔다. 왕파리를 발견한 순간부터 먼지는 시선 고정. 눈을 동그랗게 뜨고 채터링*을 했다. 그러더니 날아다니는 파리를 잡겠다고 전력 질주를 하고 힘껏 점프! 집에 있는 벌레란 벌레는 다 잡아준다. 그래서 좋긴 하지만, 발이나 입을 내 얼굴에 대는 순간 머릿속이 매우 복잡해진다.

*채터링(Chattering) : 고양이가 사냥감을 발견했을 때 입으로 내는 소리. 흥분하거나 아쉬울 때 본능적으로 나온다고 함.

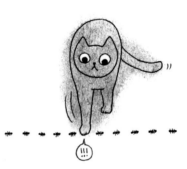

2015년 6월 6일 ● <뜻밖의 희생자 2>

뜻밖의 희생자들.

개미야 미안,

화초야 미안.

2015년 6월 12일 ● <먼지 컬렉션 1>
먼지와 함께 산 뒤로 집 안에 검은 고양이가 점점 늘어나고 있다. 먼지 덕분에 친구들에게 선물도 많이 받는다. 여행을 가거나 예쁜 가게에서 검은 고양이를 발견한 친구들이 먼지를 떠올리며 사다 준다. 검은 고양이를 볼 때마다 먼지와 나를 떠올려주는 친구들의 마음이 무척 고맙다.

2015년 6월 19일 ● <모험은 오늘도 계속된다>

빨래 건조대 역시 먼지의 호기심을 피할 수 없다. 점프해서 올라가면 걸음을 옮길 때마다 건조대가 휘청거린다. 흔들리는 건조대 위에서 겁이 난 먼지는 꼼짝도 못 하고 야옹, 하고 도와달라 한다. 힘없는 건조대는 종종 바닥으로 무너지고, 사고는 먼지가 치고 정리는 언제나 내 몫이다. 먼지의 모험은 오늘도 계속된다.

2015년 7월 9일 ● <먼지, 다른 길고양이를 만나다>

부엌 창문을 열어놓고 새우나 멸치를 볶으면 길고양이들이 냄새를 맡고 창문가로 다가오곤 한다. 오늘은 작은 길고양이 한 마리가 기웃거렸다. 먼지가 그 고양이에게 눈을 떼지 못하고 가까이 가고 싶어 안절부절못했다. 고양이가 가버린 후에도 계속 창문만 바라봤다. 나에게 화를 내듯 큰 소리로 울었다. 친구나 가족이 그리운 걸까? 혼자라서 외로운 걸까? 내가 너의 자유를 빼앗은 걸까?

2015년 7월 12일 ● <먼지네 급식소 오픈!>

도시는 길고양이가 살아가기에 힘든 곳이다. 자동차는 위험하게 쌩쌩 달리고, 혐오하며 해하는 사람들도 있다. 우리나라 고양이들은 사람을 보면 도망가기 바쁘다. 도시에서는 사냥도 쉽지 않고 마땅한 먹이도 없다. 굶어 죽은 길고양이의 뱃속에서 나무뿌리와 비닐봉지, 플라스틱 등이 발견되는 일이 비일비재하다. 다 먼지의 친구들이다. 작게나마 도움이 되고 싶다. 우리 집에 오는 고양이들에게 밥을 줘야겠다고 결심했다.

하악 무서워...

2015년 7월 23일 ● <청소기를 향한 허세>
청소기는 여전히 무섭지만, 용감한 척 위협해본다.

2015년 7월 26일 ● <멋쟁이>

멋쟁이로 변신.

2015년 7월 29일 ● <상자 매니아>

새로운 상자가 생기면 무조건 안에 들어가본다. 냄새를 맡으며 꼼꼼히 검사한다. 몸에 꼭 맞는 상자를 만나면 누워서 골골 송을 부른다. 먼지가 행복하면 나도 기쁘다.

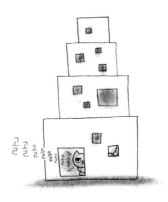

2015년 8월 1일 ● <상자 빌딩>

캣타워 대신 임시로 상자 빌딩을 만들어줬다. 역시나 좋아한다.

2015년 8월 9일 ● <찰나와도 같은 의기양양의 순간>

책꽂이에 선반을 꽂아 임시 캣타워를 만들어줬다. 책꽂이 끝까지 신나게 점프해서 의기양양하게 올라간다.

내려오는 건 다른 문제다. 무서워서 꼼짝도 못 하고 애처롭게 구조 요청하는 박먼지. 구하러
가니 찰싹 안긴다.

2015년 8월 18일 ● <덥냐? 나도 덥다>

뜨거운 여름이다. 털북숭이인 고양이는 더위를 많이 탄다. 고양이가 누워 있는 곳이 집 안에서 가장 시원하다. 축 늘어져서 종일 잠을 잔다. 너도 덥냐? 나도 덥다.

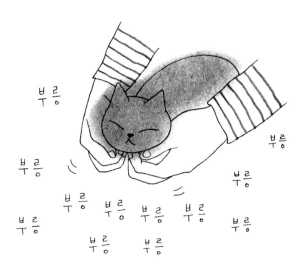

2015년 8월 20일 ● <통하였느냐?>

먼지가 행복할 때 몸 속 어딘가를 울리며 내는 소리. 비록 말을 할 수는 없지만, 동물은 다양한 표정과 행동으로 자신의 마음을 건넨다. 관심을 가지고 유심히 관찰하면 그들과의 소통은 가능하다.

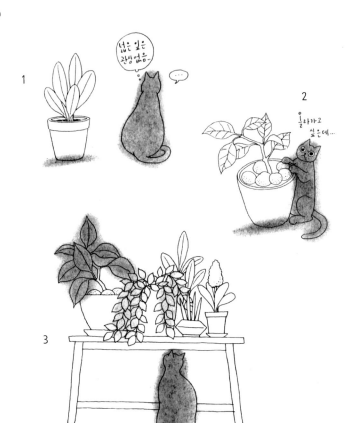

2015년 8월 26일 ● <공존을 위한 고민>

식물을 키우는 것을 좋아하는 나. 어떻게 해야 고양이와 식물이 공존할 수 있을까?

1. 일단 잎이 길쭉한 식물은 금지! 먼지의 권루 타깃이 된다.

2. 큰 화분은 흙 부분에 돌멩이를 놓아서 위에 눕지 못하게 한다.

3. 화분들을 바닥에 놓지 않는다. 공간을 분리한다.

2015년 9월 18일 ● <비장의 무기>

캣그라스* 씨앗을 심었다. 매일 물을 주니 연한 싹들이 올라왔다. 매일 자라난 잎들을 쏙쏙 뽑아서 줬더니 맛있게 잘 먹는다. 그랬더니 다른 식물의 잎에는 관심이 없어졌다!

* 캣그라스(Cat Grass) : 귀리나 밀 등을 심으면 나오는 싹. 소화와 비타민 섭취, 스트레스 해소에 도움이 된다.

2015년 9월 27일 ● <창밖 구경>
창밖 구경을 좋아하는 먼지. 골목길을 오가는 사람은 별로 없지만 먼지는 창밖 나뭇잎이나 날아가는 새를 물끄러미 바라본다. 동물에게 창문은 TV라고 한다. 창문 TV 덕분에 덜 심심한 듯해 다행이다.

159

2015년 10월 1일 ● <누가 고양이더러 외로움을 모른다 했는가!>
집에 늦게 들어가면 야옹야옹 하고 유난히 따라다닌다. 늦게 온 걸 꾸짖는 것 같다. 누가 고양이더러 외로움을 모른다 했는가. 고양이와 안 살아본 사람임이 분명하다.

2015년 10월 8일 ● <길고양이 누룽지의 등장>

우리 집 급식소에 노란색 무늬의 길고양이 한 마리가 자주 찾아온다. 그릇이 비어 있으면 어서 먹을 것을 내놓으라고 채근하는 듯 창가에 앉아 있다. 얌전하고 조용한 성격이다. 밥을 먹을 때도 조용히 먹고 조용히 쉬다 간다. 우리는 누룽지라고 부르기 시작했다. 먼지는 새로운 친구가 좋은지 계속 바라보며 안절부절못했다.

2015년 10월 22일 ● <실연의 아픔>

밥을 먹으러 온 누룽지를 향해 먼지가 점프를 했다. 경계심이 많은 누룽지는 놀라서 도망가버렸다. 먼지는 실망하고 당황한 표정으로 나를 바라봤다. 실연의 아픔. 마음이 아파서 꼭 안아줬다. 위로가 되지는 않겠지만.

2015년 11월 1일 ● <나와 누룽지>

골목길에서 누룽지를 만났다. 아는 척을 했더니 후다닥 옆집으로 들어가버린다. 왜 도망을 가나 했는데 옆집 지붕을 타고 우리 집 창가로 와서 나를 기다리고 있다. 누룽지와 나 사이에 쌓인 우정과 신뢰를 확인한 순간.

2015년 11월 9일 ● <콩 한 쪽도 나눠 먹자>
길에서 만나는 고양이들이 먼지의 먼 가족 같고, 누룽지의 친구 같아서 더는 외면하지 못하게
되었다. 집에 오는 누룽지는 그래도 사료와 신선한 물을 먹을 수 있지만, 거리에서 만나는 길고
양이들은 제대로 못 먹고 다닐 가능성이 크다. 배고픈 길고양이를 만날 때를 대비해서 여분의
사료나 간식을 꼭 챙겨 다닌다.

2015년 11월 15일 ● <함께 살고 싶은 것뿐이에요>

모든 사람이 고양이를 좋아하고 고양이에게 호의적인 것은 아니다. 늘 밥을 주던 곳의 밥그릇과 물그릇이 어느 날 사라지기도 한다. 길에서 마주친 동네 어른에게 밥을 준다고 혼이 나서 시무룩해지기도 한다.

2015년 11월 30일 ● <힘이 되는 우연한 만남>

고맙고 반가운 사람도 많이 만난다. 지나가다 어느 가게나 집 앞에 챙겨둔 사료와 물을 발견하면 기쁘다. 동네에서 같은 고양이를 챙겨주는 사람이나 고양이를 좋아하는 사람을 만나기도 한다. 인사를 나누다보면 힘들었던 마음이 스르륵 풀린다.

먼지의 친구이기도 하고 가족이기도 한 길고양이들이 조금이라도 따뜻한 세상에 살았으면 하는 바람이 있다. 한 사람 한 사람이 길에서 만나는 생명에게 마음을 열고 친절하게 대한다면 세상은 그만큼 조금씩 나아질 거라고 믿는다.

2016년

겨울
봄
여름
가을

또 겨울

2016년 1월 16일 ● <너, 설마 먹었어?>

먼지는 끈을 좋아한다. 가느다란 끈이 생겨서 흔들어줬더니 좋아했다. 놀아주다 바닥에 던져 놓고 일을 했다. 아차, 싶어 돌아보니 가지고 놀던 긴 끈은 어디로 가고 짧은 토막만 남았다.

어디로 간 걸까? 먼지가 먹었다고는 상상조차 하고 싶지 않았다. 졸지에 대청소해가며 집 안 곳곳을 뒤져봤다. 끈은 나오지 않았다. 먼지 장난감은 없어졌나, 싶다가도 엉뚱한 곳에서 나오기도 한다. 이번에도 그럴 거라고 믿고 싶었다.

2016년 1월 18일 ● <불안의 서막>

나는 '걱정 대마왕'이다. 죄책감이 들었다. 잠도 못 자고 밤새 인터넷 검색을 했다. 많은 고양이
가 실, 끈 등을 주워 먹는다고 한다. '고양이 혀에는 돌기가 있어서 일단 입속에 이물질이 들어
가면 뱉으려고 해도 안쪽으로 계속 끌려 들어간다, 혀 밑이나 뼈, 장기에 실이 걸리면 장이 아
코디언처럼 접히면서 막혀버린다, 음식물의 섭취도 배출도 힘들어진다, 심한 경우 염증이나 합
병증을 일으켜 죽을 수도 있다…' 이런 글들을 읽고 있으니 무섭고 겁이 났다. 수의사 선생님
은 정확히 진단하려면 조영검사*를 해야 한다고 했다. 전신마취를 해야 하고, 시간이 오래 걸린
다고 했다. 몸이 작은 고양이에게 전신마취는 부담이 된다. 선뜻 결정할 수가 없었다.

위나 장에서 이상이 생기면 평소와 다른 징후를 보인다고 했다. 먹이나 화장실도 거부하고 구
석에 웅크리고 있거나, 토하기도 한다고 했다. 하지만 먼지는 식욕도 배변 활동도 정상이고, 이
상 징후도 없다. 괜찮아 보이는데 전신마취를 하기도 그렇고. 어떻게 하지?

* 조영검사 : 조영액을 먹여 장기 안을 통과하는 과정을 시간마다 엑스레이로 촬영하여 막힌 곳을 찾아내는 검사.

2016년 1월 19일 ● <걱정이 태산>

새벽에 먼지가 갑자기 캑캑거리면서 구토를 했다. 혹시 삼킨 끈 때문에 이러는 건가 조마조마
했다. 까만 털이 뭉쳐 나와 깜짝 놀랐는데, 헤어볼*이었다. 먼지의 행동 하나하나에 신경 쓰이
고 걱정만 커졌다. 이러다 내가 신경과민에 걸릴 것 같았다.

*헤어볼(hair ball) : 고양이가 털을 손질하면서 삼킨 털이 소화기관 내에서 뭉쳐지는 현상. 구토를 통해 배출한다.

2016년 1월 20일 ● <야호! 만세!>

끈이 없어지고 나서 아침까지도 먼지는 화장실에 가지 않았다. 아무래도 문제가 생긴 듯했다. 병원에 가서 검사를 받아보기로 했다. 예약하려는데 먼지가 슬그머니 화장실로 가는 게 아닌가. 나와 남편의 주먹이 저절로 불끈 쥐어졌다. 손에 땀이 찼다. 볼일을 마친 먼지의 표정이 왠지 홀가분해 보였다.

장갑을 끼고 먼지의 똥을 쪼갰더니 제법 긴 끈이 뭉쳐 있었다. 얼마나 기뻤는지 셋이 껴안고 온 집 안을 방방 뛰어다녔다. 기념으로 간직하고 싶었지만 꾹 참았다.

2016년 1월 21일 ● **<다시는 같은 실수를 하지 않으리>**

눈에 띄는 줄이며 머리끈, 실 등을 집 안에서 다 치워버렸다. 먼지가 조심성도 많고 소심해서 그런 걸 주워 먹을 거라고는 생각하지도 못했다. 반려동물은 먹고 마시고 생활하는 모든 환경을 스스로 선택할 수 없다. 보호자가 주는 것이 전부다. 언제 어떤 일이 일어날지 모르니 조심하고 또 조심하겠다고 다짐했다. 먼지가 죽는 상상을 하니 무섭고 끔찍했다. 먼지가 더 소중해졌다. 다시는 이런 실수를 하고 싶지 않다.

2016년 1월 26일 ● <뉴페이스 등장>

얼굴도 덩치도 커다란 노란색 줄무늬 고양이가 나타났다. 유리창과 벽에 영역 표시를 하는 거로 보아 수컷인 듯싶다. 누룽지는 하악거리지 않았다. 대신 이상한 소리를 냈다. 둘은 무슨 관계일까? 그것이 알고 싶다.

2016년 2월 2일 ● <길고양이들의 안녕을 기원함>

북극 한파로 엄청나게 추운 날이다. 밖에 있는 누룽지가 걱정되어 상자 집을 만들어줬다. 유리
병에 따뜻한 물을 넣고 수건으로 감싸 안에다 넣어줬다. 낮에는 비어 있더니 밤이 되자 누룽
지가 들어가 쉬었다. 길고양이들 모두 무사히 겨울을 넘기길 바란다.

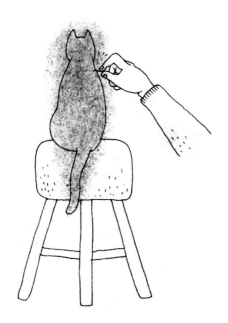

2016년 2월 3일 ● <여긴 너무 예민해!>

먼지 등에는 하얗고 긴 털 하나가 뾰족 튀어나와 있다. 뽑으려고 하면 화들짝 놀라며 도망가거나 화를 낸다. 찾아 보니 수염의 일종. 모근에 말초신경이 모여 있어 공간이나 움직임을 예민하게 감지한다고 한다. 신기한 하얀 털.

1

2

3

4

5

2016년 2월 5일 ● <설마가 사람 잡는다>
먼지와 함께 살면서 신경 써야 할 부분이 많아졌다.

1. 사료통에 사료를 꼭 채워둬야 한다. (혹시 사료가 떨어져서 배고프면 안 되니까.)
2. 신선한 물로 자주 갈아줘야 한다. (고양이는 방광염에 걸리기 쉬워 물을 많이 마시는 게 중요하다.)
3. 화장실을 수시로 치워줘야 한다.(변기에 물을 내리지 않아서 계속 용변이 남아 있다고 생각해보자.)
4. 외출을 할 때는 화장실 문을 꼭 닫는다. 혹시나 변기의 물을 마시거나 더러운 곳에서 뒹굴 수 있기 때문에. (설마가 사람 잡는다.)
5. 바닥은 늘 깨끗하게 유지한다. 끈이나 머리카락 등 이물질을 먹으면 위험하기 때문이다. (다시 한 번 말한다. 설마가 사람 잡는다.)

2016년 2월 9일 ● <나는 이 사랑 반댈세!>

누룽지와 노란색 고양이가 사랑에 빠졌나보다! 누룽지를 유난히 귀여워했던 터라 속상한 마음이 들었다. 노란색 고양이가 얄미워서 빗자루질을 해댔다. 둘은 아랑곳하지 않고 나 보란 듯이 서로 그루밍을 해줬고, 사이좋게 같이 다녔다. 누룽지에게 반해버린 노란색 고양이에게는 콩깍지라고 이름을 붙여주었다.

2016년 2월 14일 ● <누구를 위한 수술인가>

누룽지가 혼자일 때는 걱정이 없었는데, 이제는 중성화 수술을 시켜야 할지 고민이 되었다. 서로에게 사랑을 표현하는 모습을 보니 더욱 혼란스러웠다. 중성화 수술을 하지 않으면 여러 문제가 생긴다. 발정기 때 시끄럽게 운다거나 개체 수가 급격히 늘어난다. 주민들이 불편을 호소하고, 고양이를 혐오하고 쫓아내려는 사람들이 늘어난다. 결국 고양이의 안전이 위협을 받게 된다. 인간과 고양이가 서로 행복하게 공존하기 위해서는 대책이 필요하다. 고민하고 또 고민해야 할 일.

2016년 2월 18일 ● <선물은…마음만 받을게!>

출근길. 문 앞에 동물의 다리인지 날개인지 정체 모를 무언가가 놓여 있었다. 말로만 듣던 고양이의 보은인가?

2016년 3월 2일 ● <먼지 동공 확장>

오랜만에 새 장난감을 사줬다. 먼지의 콧구멍과 눈망울이 두 배로 커졌다. 흥미진진한 표정으로 달려오더니 신나게 논다. 너무 격렬하게 논 탓에 30분 만에 두 동강이 나버렸다. 하지만 걱정은 금물. 부러진 막대 두 개를 고무줄로 묶으니 다시 튼튼해졌다. 먼지의 폭발적인 반응에 덩달아 신이 난다.

2016년 3월 8일 ● <서로의 털에 대한 입장>
인간도 고양이도
일 년 열두 달 털갈이.

2016년 3월 10일 ● <뮤지컬 캣츠>

고양이의 몸짓, 발짓의 표현이 탁월해 감동이었던 뮤지컬 <캣츠>. 만약 먼지가 나온다면 어떤 캐릭터일까? 소심한 성격에 잔뜩 긴장해서 구석에 숨어 나오지 않는 캐릭터겠지. 상상하니 더 재미있었다.

2016년 3월 15일　●　<누룽지의 임신>

걱정하던 일이 생겼다. 누룽지가 임신을 했다. 그간 중성화 수술을 시킬까 말까 계속 고민했는
데 한 발 늦었다. 어떤 선택이 누룽지에게 더 행복할지 인간인 나는 모른다. 다만 누룽지 곁에
는 콩깍지가 있으니까 아마도 함께 가족을 이루고 싶을 거라 생각했다. 수술은 조금 미루자.
내가 곁에 있는 동안 잘 돌봐줘야지.

2016년 3월 20일 ● <발소리만 들어도 알아요>

일을 마치고 돌아가면 먼지는 문 앞까지 마중을 나온다. 열쇠로 문을 열고 있으면 이미 안에서 야옹, 하고 인사하는 소리가 들린다. 집 안에 들어서면 다리에 몸을 비비며 인사를 한다.

모처럼 남편이 나보다 먼저 집에 들어가는 날. 남편의 가슴은 기대감에 부푼다. 하지만 절대
마중을 나오지 않는 먼지. 소리만 듣고 어떻게 나와 남편을 구분하는지 모르겠다.

2016년 3월 24일　●　<무엇보다 중요한 선택의 기준>

고양이가 나오는 영화나 다큐멘터리, 드라마를 일부러 찾아본다. 스토리는 중요하지 않다. '고양이가 나온다'는 사실이 중요하다.

2016년 4월 1일 ● <상상 불가>

식탁에 앉아 있으면 꼭 자기도 의자 하나를 차지하고 앉는다. 우리와 함께 있고 싶은 마음이겠
지. 이제 먼지가 없는 우리 집은 상상할 수도 없다.

2016년 4월 3일 ● <관심사의 변화 1>

길 가다 반려동물용품 가게가 있으면 나도 모르게 들어간다. 구경만으로도 행복하다. 동물병원 정보에도 귀가 쫑긋 선다. 사료나 간식을 더 싸게 살 수 있는 곳이나 24시간 응급 동물병원, 2차 병원 등등 알아두면 좋은 정보가 많고도 많다.

2016년 4월 15일 ● <관심사의 변화 2>
고양이 관련 책들이 점점 늘어난다.
책꽂이 한 칸이 다 찼다.
사랑하니까 더 잘 알고 싶다.

2016년 4월 22일 ● <정말 이러기야?>
우리 사이에는 진정성이 부족해.

2016년 5월 29일 ● <제출 1초 전>
골탕 먹이기 천재.

2016년 5월 30일 ● <숨바꼭질>

돌아보니 스탠드 밑에 숨어 있다. 얼굴만 가린 채. 모른 척하고 '먼지야, 박먼지 어디 있어?' 하고 먼지를 부르면 어서 찾아보라는 듯 꼬리를 탁탁 친다.

2016년 5월 31일 ● <덤빌 테면 덤벼봐!>

설거지하고 있는 동안 먼지는 자꾸 내 다리를 문다. 혼을 내려고 고무장갑을 벗으면 이미 저 멀리 줄행랑. 다시 설거지를 시작하면 다가와 또 공격한다. 나에게도 비장의 무기가 있다. 바로 상자 옷.

2016년 6월 1일 ● <매일 일과 중 하나>

늘 하는 싸움. 늘 하는 화해.

팡

팡

팡

가끔 (사실 자주) 참 얄밉다.

바글 바글 바글

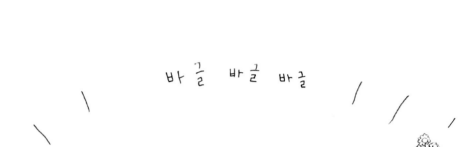

2016년 6월 3일 ● <먼지 컬렉션 2>

검은 고양이들이 점점 늘어나서 작은 선반 하나를 가득 채웠다. 작은 장식품, 도장, 휴대전화 케이스, 볼펜, 귀걸이, 메모꽂이, 브로치, 접시 등등 종류도 다양하다.

2016년 6월 4일 ● <무는 먼지 길들이기>

먼지가 자꾸 무는 게 아무래도 고민이다. 가족들과 일찍 헤어져 물리는 것이 얼마나 아픈지 몰라서 그럴 수 있으니 먼지가 물면 똑같이 꽉 물어주라는 조언을 들었다. 그게 어려우면 먼지에게 물린 뒤 일부러 오버해서 엄살을 피워보라는 충고도 있었다.

2016년 6월 6일 ● <불가능한 미션>

또 누군가는 먼지가 사람을 물면 나쁜 일이 생긴다는 걸 알려줘야 한다고 했다. 그러기 위해 물 때마다 분무기로 물을 뿌려주라고 하는데, 물을 뿌리는 게 나라는 걸 들키면 안 된다고 한다. 매우 힘든 미션이다.

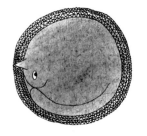

2016년 6월 9일 ● <스크래처 효과>

먼지 어릴 때부터 집 안 곳곳에 스크래처를 설치해줬다. 그래서인지 스크래처에 발톱 긁는 것을 아주 좋아한다. 그 덕분인지 가구나 가죽 가방 같은 것에 관심이 별로 없다. 참 기특하고 고맙다.

2016년 6월 12일 ● <뒷다리 인사>

이제는 뒷다리로도 인사할 줄 아는 먼지.

2016년 6월 16일 ● <누룽지 컴백>

한동안 보이지 않던 누룽지가 나타났다. 행색이 꼬질꼬질하고 피곤해 보인다. 불룩했던 배가
홀쭉해진 것을 보니 새끼를 낳은 것 같다. 힘내라고 사료에 통조림까지 잔뜩 줬다.

2016년 7월 15일 ● <개를 만나면 어떨까?>

작업실에 동료 윤나리 작가와 강아지 포카가 놀러 왔다. 온몸으로 비벼대는 개는 몸을 미는 힘부터 고양이와 달랐다. 힘차게 흔드는 꼬리에 철썩, 하고 맞는 것도 오랜만이었다. 몇 번 만났다고 경계 없이 반겨주는 호의가 기뻤다.

집에 돌아오니 팔과 다리에서 포카 냄새가 났는지 먼지가 내 다리를 붙잡고 주의 깊게 냄새를 맡는다. 먼지는 지금까지 개를 한 번도 본 적이 없다. 만나면 어떤 반응을 보일지 궁금하기도 하다. 더 많은 것을 경험하게 해주고 싶지만 오히려 스트레스가 될까 조심스럽다.

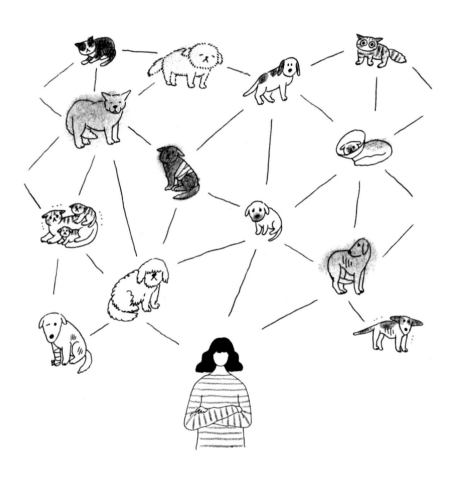

2016년 8월 1일 ● <선택의 문제?>

먼지가 오기 전에는 반려동물을 들이게 된다면 보호소에서 입양하겠다고 결심했다. 그래서 SNS나 포인핸드˚에 올라오는 유기동물들을 보곤 했다. 그 중에서도 내가 선호하는 품종과 털의 색깔이 있다는 것, 외모나 장애 여부에 따라 마음에서 선택과 배제를 하게 된다는 것을 깨달았다. 자괴감도 들었고 슬프기도 했다.

˚ 포인핸드(Pawin Hand) : 전국 유기동물 보호소 동물 조회 어플리케이션.

2016년 8월 9일 ● <희망을 주는 고양이 치치>

친구 부부가 구조한 새끼고양이. 발견 당시 앞다리 두 개 모두 감각이 없었다. 걷지 못할 것 같아 안락사를 고민했다. 그런데 앞발을 꾹 누르니 조금 움찔했다. 친구 부부는 그 작은 움찔거림에 희망을 품어보기로 했다. 닉 부이치치ᐧ처럼 몸이 불편해도 희망을 주는 고양이가 되라고 치치라는 이름을 붙여주었다. 누군가는 쉽게 버리고, 누군가는 어렵게 살려낸다. 생명이란 과연 무엇일까.

ᐧ닉 부이치치(Nick Vujicic): 태어날 때부터 팔과 다리가 없는 장애를 가졌으나 전 세계를 다니며 희망을 전하고 있는 강연자이자 작가.

2016년 8월 17일 ● <검은 고양이의 날>

매해 8월 8일은 세계 고양이의 날이고, 8월 17일은 검은 고양이의 날이라 한다. 검은 고양이의 날이 왜 따로 있을까? 옛날부터 검은 고양이를 재수 없음, 불길함의 상징처럼 생각했다. 그런 편견은 아직 남아 있다. 고양이에게 호의적인 요즘도 검은 고양이는 사진을 찍으면 예쁘지 않다는 이유로 입양을 꺼린다고 한다. (검은 개도 사정은 마찬가지다.) 그런 인식을 바꾸기 위해 따로 날을 정해 검은 고양이를 알리고 입양도 권하는 것이라 한다. 검은 고양이의 매력은 바로 검은 고양이라는 것인데!

2016년 8월 19일 ● <그럼에도 불구하고>

유기견, 유기묘를 돌보는 보호소로 자원봉사를 간 적이 있다. 처음 한 일은 개들이 사는 야외 우리를 돌며 똥과 오줌을 치우는 일이었다. 주인에게 학대를 받아 한쪽 눈을 실명한 개가 있었다. 쓰다듬어주려고 손을 내밀었더니 겁먹으며 도망갔다. 마음이 아팠다.

하지만 청소가 끝날 때쯤, 꼬리를 흔들며 다가와줬다. 사람에게 학대 받고 버려졌는데도, 다시 사람에게 사랑을 준다.

다음으로 한 일은 고양이들이 모여 있는 방에서 화장실을 치워주고 놀아주는 것이었다.
앉아 있었더니 주변으로 모여들었다. 사람이 그리웠나보다. 따뜻했다.

2016년 8월 20일 ● <생명은 돈으로 살 수 없다>

펫숍이 종종 눈에 띈다. 유리로 된 좁은 붙박이장 같은 곳에 새끼 고양이부터 다 자란 성묘까지 갇혀 있다. 대부분 품종묘들이다. 위 아래로 움직일 수 있긴 하지만 한 칸에 꽉 찰 만큼 자란 성묘들에게는 무척 좁아 보인다. 사람들이 밖에서 구경하고 있으니 큰 고양이 한 마리가 울면서 문고리를 발로 때린다. 마치 열어달라고 하는 것 같다. 그런 모습을 볼 때마다 울고 싶다.

나는 펫숍을 포함해서 동물 분양에 반대한다. 펫숍 브리더*들은 품종묘를 교배시켜 이익을 취한다. 생명을 돈을 주고 사는 행위도 옳지 않다. 더구나 그렇게 태어난 작은 생명들이 분양이 되지 않으면 유기되거나 보호소에서 안락사를 당한다. 다행히 가정으로 분양이 된다 해도 귀여운 어린 시절이 지나면 버려지곤 한다. 털이 많이 빠진다, 많이 운다, 유전병이 있다…… 등등 매우 사소한 이유로 너무 쉽게 버려진다. 출퇴근길에 있는 펫숍에서 어제까지 있던 고양이들 대신 새로운 새끼 고양이들을 마주할 때 느끼는 참담한 기분은 말로 표현할 수 없다.

동네 길고양이들을 챙기는 캣맘에게 악착같이 중성화를 시키는 이유를 들은 적이 있다. "일단 개체 수가 줄어야 생명 귀한 줄 알지." SNS에는 삶과 죽음의 경계에서 가족을 기다리는 유기동물들이 많다. 반려동물을 찾는다면 그들에게 먼저 손을 내밀어주면 좋겠다.

*브리더(breeder): 동물 사육자.

2016년 8월 22일 ● <누룽지 2세>

누룽지 2세를 드디어 만났다. 새끼 고양이가 어쩌다 혼자서 계단 밑으로 내려온 모양인데 올라가지 못해서 울고 있었다. 먼지가 처음 왔을 때처럼. 울음소리를 듣고 밖으로 나갔더니 누룽지가 나타나 앞을 막아서며 하악거리고 위협했다. 밥과 물만 챙겨주고 그대로 들어왔다. 시간이 지나니 계단 위로 데리고 올라갔는지 조용해졌다.

2016년 8월 25일 ● <누룽지 가족>

누룽지와 콩깍지의 새끼는 두 마리였다. 노란 무늬는 콩지, 삼색이는 팔지라고 부르기로 했다. 팔지는 건강해 보였고, 콩지는 약간 마르고 크기가 작았다. 오늘은 아빠인 콩깍지가 계단 오르기를 가르치는 것 같았다. 콩깍지는 밑에서 지켜보고 있고, 콩지 팔지는 계단을 올라갔다. 둘 다 몸이 작아서 아직은 버거워 보였지만, 열심히 오르락내리락했다.

2016년 8월 30일 ● <어쩌면 먼지도>

누룽지 가족이 왔다 갔다 할 때면 먼지는 창틀에 앉아서 가만히 지켜본다. 콩지 팥지는 먼지에게 무척 관심이 많다. 먼지에게로 다가와 마치 대화라도 나누는 것처럼 소리를 주고받는다. 무슨 이야기를 하는 걸까? 처음 만났을 때 어쩌면 먼지도 계단 오르기 연습을 하고 있던 건 아닐까? 그대로 두었다면 엄마 고양이에게 이것저것 배운 뒤 독립해서 자유로운 길고양이의 삶을 살지 않았을까? 그런 생각이 드니 먼지에게 미안해졌다.

2016년 9월 5일 ● <삶을 향한 콩지의 의지>

외출할 때면 누룽지 가족의 밥과 물을 챙겨놓곤 한다. 문을 닫으면 누룽지의 울음소리가 들린다. 살짝 문틈으로 지켜보니 연약한 콩지가 후다닥 먼저 내려와서 사료 그릇을 차지한다. 엄마도 밀어내고 팥지가 다가오니 그릇을 발로 꽉 잡으며 혼자 맹렬한 기세로 먹었다. 몸은 작고 약하지만 살겠다는 의지가 보이는 것 같아서 왠지 먹먹했다.

2016년 9월 13일 ● <공동 육아 중>

새끼 고양이들이 활발하게 움직이기 시작했다. 울음소리가 들려서 가보면 콩지나 팔지가 동네 여기저기에서 구조 요청을 하고 있다. 집으로 돌아올 수 있도록 문을 열어두고, 헨젤과 그레텔처럼 돌아오는 길에 먹이로 표시해주는 것이 나의 역할이었다. 이건 거의 공동육아 아니냐, 누룽지야?

2016년 10월 2일 ● <먼지야, 왜 울어?>

먼지는 새끼 고양이들을 보면 매번 운다. 혹시 자기가 아직 새끼라고 생각하는 것 아닐까? 엄마를 부르는 것 같기도 하고, 가족을 부르는 것 같기도 하다. 그럴 때면 마음이 아프다.

2016년 10월 14일 ● <콩지 팥지 독립 준비>

콩지와 팥지가 제법 자라자 누룽지는 거리를 두기 시작했다. 집에 자주 오지도 않고, 가끔 와도 콩지나 팥지가 반갑게 다가가면 하악거리면서 자리를 피해버린다. 유난히 엄마를 따르던 콩지가 힘들어 보인다. 콩지와 팥지가 늘 같이 있어서 다행이다. 독립성을 길러주기 위해 사료를 줄여보려고 한다. 우리 집 아닌 곳에서도 먹이를 구할 줄 알아야 할 것 같다.

딸깍

2016년 10월 20일 ● <존경 받는 나>
고양이는 주인이 나갔다가 들어왔을 때 바로 맛있는 것을 주면 사냥에 성공한 멋진 고양이라
고 생각해 존경의 눈빛을 보낸다고 한다. 그래서 나도 집에 도착하면 바로 가방 속에 준비해둔
간식을 준다. 먼지의 눈빛에 존경과 사랑이 넘친다.

2016년 10월 29일 ● <누룽지의 작별 인사>
어미 고양이는 새끼가 어느 정도 크면 독립을 시키거나 자신의 영역을 넘겨주고 떠난다고 한
다. 누룽지는 떠나기로 했나보다. 어제는 오랜만에 왔길래 사료를 듬뿍 줬다. 그런데 가만히 우
리 얼굴만 보고 앉아 있더니 밥도 먹지 않고 가버렸다. 밥을 먹으러 온 게 아니었나보다. 우리
를 보러 온 걸까? 털이 꼬질꼬질해서 마음이 아팠지만, 얼굴을 보여줘서 고마웠다. 어디서든
건강하고, 배고프면 언제든 우리 집으로 오렴.

우리먼지!!

ㄷㄷ
ㅅㅅㅅ
ㅅㅅㅅ

2016년 11월 2일 ● <까칠한 먼지>
뒤에서 껴안았더니 뒤로 걸어서 다리 사이로
쏙 빠져나갔다. 아주 자연스러웠다. 빠져나가
기 대장.

이 녀석...

누나는 좋아하지만
안기지는 않을거야..

팡팡

만신창이..

2016년 11월 9일 ● <스트레스 해소>
먼지는 불만이 있을 때 휴지를 찢어놓는다. 특히 내가 늦게 들어오거나 간식을 주지 않을 때.
요즘 콩지 팥지에게 온통 신경이 집중되어 있어서 그런지 집에 돌아왔더니 휴지가 박박 찢겨
있었다. 미안해 먼지.

2016년 11월 20일 ● <독립은 시기상조>

한동안 콩지 팔지가 보이지 않아 독립을 한 줄 알았다. 그런데 오랜만에 나타난 콩지가 재채기를 심하게 했다. 팔지는 숨소리가 이상하고 털도 푸석하고 눈도 잘 뜨지 못했다. 기온이 떨어지면서 면역력이 약해져 헤르페스*에 걸린 것 같았다. 독립성을 길러준다고 사료를 줄였는데 괜히 그랬다. 염증으로 코가 막히면 맛을 느끼지 못해 밥을 먹지 않게 되고, 90퍼센트가 죽는다고 했다. 겁이 났다.

일단 캔을 잔뜩 사와서 사료에 비벼줬다. 다행히 잘 먹었다. 상자로 집을 만들어주고 따뜻한 천을 깔아줬더니 쏙 들어갔다. 독립성도 중요하지만 일단 애들을 살리는 것이 중요하다. 이것이 올겨울 나의 최대 과제다.

*헤르페스(herpes) : 감기와 비슷함. 식욕 부진, 재채기, 콧물, 눈곱 등의 증상 있음. 폐렴 등 호흡기계 질환으로 변질될 가능성 있어서 위험함.

2016년 11월 25일 ● <오줌싸개>

콩지 팥지 체력 회복을 위해 끼니마다 캔을 줬다. 먼지는 점점 살이 쪄서 간식을 주지 않았다.
서운하고 화가 났는지 이불에 오줌을 싸버렸다.

2016년 12월 10일 ● <콩지 팔지 회복하다>

약과 캔, 사료를 꾸준히 줬더니 콩지 팔지 상태가 무척 좋아졌다. 털에도 다시 윤기가 흐르고, 염증 때문에 잘 뜨지도 못했던 눈은 동그랗고 깨끗해졌다. 기뻐서 울 뻔했다. 콧구멍을 꽉 막고 있던 콧물도 많이 없어졌고, 숨소리도 안정적으로 변했다. 길고양이들은 영양만 꾸준히 보충해주면 상태가 몰라보게 좋아진다. 다행이다.

2016년 12월 28일 ● <속성 모성 훈련>

날이 좀 따뜻해지면 콩지 팥지는 동네를 돌아다니며 활동반경을 넓힌다. 옆집 지붕 위를 거니는 콩지를 발견하고 감동의 눈물을 흘렸다. 계단도 못 올라가던 겁쟁이가, 점프도 못 해서 만날 굴러떨어지던 아이가 저렇게 자랐구나. 봄이 되면 더 멀리까지 돌아다니겠지? 나는 아직 아이가 없지만, 콩지 팥지 덕분에 부모가 되는 경험을 속성으로 한 것 같다. 아이를 돌보고 떠나 보내기까지 많은 감정의 변화를 겪었고, 배운 것도 많다. 언제나 건강하고 자유롭기를. 또 만나자.

2016년 12월 31일 ● <너로 인한 삶의 작은 변화>

우리 부부는 여행을 무척 좋아한다. 그래서 매년 초가 되면 '올해는 어디로 여행을 갈까?' 기대하며 즐거워했다. 먼지와 만나고 나서는 혼자 두고 떠나는 것이 내내 마음에 걸린다. '여행을 꼭 가야 하나?' 고민이 된다.

2017년

겨울
그리고 봄……

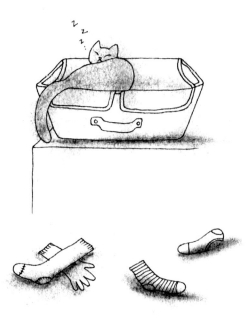

2017년 1월 2일 ● <박먼지는 양말 바구니를 사랑한다네>

요즘 먼지가 가장 좋아하는 공간은 남편의 양말 바구니다. 바구니 위에 누우면 무게 때문에 뚜껑이 움푹 들어가는데 그 느낌이 안락한지 종종 바구니 위에서 잠을 잔다. 잠이 안 올 때는 뚜껑 속으로 발을 집어넣어 양말을 꺼낸다. 물어뜯고 놀다가 아래로 던져버린 후 새로운 양말을 또 꺼낸다. 그래서 저녁때 집에 오면 바구니 주위로 양말들이 널려 있다.

2017년 1월 5일 ● <비밀장소>

먼지가 양말 바구니에서 놀면서부터 양말이 자꾸 없어졌다. 구석구석 찾다가 먼지가 자주 들어가는 상자를 털어보았다. 그랬더니 양말과 장난감이 털썩털썩 떨어졌다. 먼지의 소중한 비밀 장소였구나.

2017년 1월 9일 ● <단둘이>

먼지와 단둘이 보내는 조용하고 편안한 시간.

2017년 1월 10일 ● <알 수 없는 속마음>

먼지는 이불을 덮고 누운 내 다리 사이 움푹한 곳에서 자는 것을 좋아한다. 가족과 살 때 몸을 딱 붙이고 잤던 느낌이 그리운 걸까? 안락해서 좋은 걸까? 어쩌면 그저 전기장판의 따스함을 최대한 누리고 싶은 걸지도.

2017년 1월 11일 ● <처음 뵙겠습니다>
보호소에 있던 강아지 웬디를 입양 갈 때까지 임시 보호°하기로 했다. 먼지와 웬디가 만나면
어떨까? 웬디는 성격이 활발하고 해맑다. 만나자마자 배를 보여주고 내 다리 위로 올라와 곤
히 잠을 잘 정도로 성격이 좋다.

문제는 먼지였다. 가족이 와도 겁을 먹고 숨는 소심한 성격이라 웬디를 보자마자 역시 기겁하며 곧장 보일러실로 도망쳤다. 하긴 먼지는 개라는 존재를 생전 처음 만나는 거니까. 웬디는 먼지를 친구라고 생각했는지 후다닥 쫓아갔다. 먼지는 웬디에게 공격받는다고 생각했는지 하악거리고 발톱으로 할퀴려 했다.

*임시 보호 : 유기 동물이 구조되어 보호소로 보내진 후, 공고기한 내에 가족이 나타나지 않으면 안락사된다. 너무 어리거나 면역력이 낮은 동물들은 보호소에서 병이 옮거나 영양 부족으로 죽는 경우도 많다. 일단 보호소에서 데리고 나와서 입양을 기다리며 일반 가정에서 돌보는 것을 임시 보호라 한다. 좋은 환경에서 병을 치료하고, 사람과 함께 사는 법을 배울 수 있다.

2017년 1월 12일 ● <고양이와 개의 시간>

먼지가 방으로 들어오려고 하면 웬디가 달려가는 바람에 먼지는 추운 보일러실에서 나올 수가 없다. 보다 못해 숨어 있을 만한 공간을 집 안 곳곳에 만들어줬다. 먼지는 대부분의 시간을 숨어 있다가 물이나 밥을 먹을 때만 잠깐씩 나왔다. 먼지의 모습이 보이면 웬디가 크게 짖으며 쫓아갔다. 쫓고 쫓기는 자의 추격전. 하루종일 무한반복.

2017년 1월 13일 ● <서열 정리>

요며칠 먼지는 신경이 곤두서서 밥도 먹지 않고 잠도 거의 못 잤다. 나와 남편에게도 털을 세우고 하악거리며 도망갔다. 동물들을 같은 공간에서 키울 때 새로 온 동물을 격리해야 원래 있던 동물을 높은 서열로 인지한다는 이야기를 들었다. 그동안은 먼지를 격리했기 때문에 서열 아래가 된 셈이다. 오늘 서둘러 방 안에 웬디의 작은 방을 만들어줬다. 먼지는 원할 때 가까이 다가가서 웬디를 관찰했다. 신기하게도 먼지의 불안함이나 경계심이 조금 줄어든 것 같다.

2017년 1월 14일 ● <달라도 너무 달라 1>

개와 고양이의 성향은 생각보다 아주 다르다. 먼지의 시간은 대체로 느릿느릿하고, 웬디의 시간은 매우 빠르다. 먼지는 새로운 친구를 멀리서 천천히 관찰하고 싶어 하는데 웬디는 먼지를 발견하면 파다닥 발소리를 내며 쫓아간다. 그러면 먼지도 화들짝 놀라서 도망가고, 웬디는 따라잡기 놀이를 한다고 생각하는지 신나서 더 빨리 쫓아간다.

2017년 1월 15일 ● <달라도 너무 달라 2>
웬디는 달리기는 잘 하지만 점프는 잘 못 한다. 반면 먼지는 높은 곳에 올라가 내려다보는 것을 좋아한다.

2017년 1월 16일 ● <달라도 너무 달라 3>

개들은 만나면 서로 엉덩이 냄새를 맡으며 인사를 하는데, 고양이는 아주 친해지고 신뢰가 쌓여야 엉덩이를 보여준다.

2017년 1월 17일 ● <달라도 너무 달라 4>

낯선 사람이 집에 오면 먼지는 쌩, 하고 가장 안전한 곳으로 도망간다. 웬디는 용감하게 큰 소리로 짖는다.

2017년 1월 18일 ● <달라도 너무 달라 5>
강아지는 훈련할 수 있지만 고양이는 절대 불가능하다.

또르르

2017년 1월 19일 ● <운동과의 상관관계>
강아지와 놀면 강아지에게 운동이 되지만, 고양이와 놀면 사람에게 운동이 됩니다.

2017년 1월 20일 ● <개와 고양이의 의기투합>
개들은 이빨이 튼튼해서 딱딱한 것을 잘 씹어 먹는다. 고양이는 이빨이 강하지 않아서 부드러
운 것을 좋아한다. 둘 다 사람을 물고 장난치는 것을 좋아하는 것 같긴 하다. 나의 팔과 다리
는 상처투성이가 되었다.

2017년 1월 21일 ● <영문 모를 복수>

먼지가 테이블 위에 있던 휴지를 바닥으로 떨어뜨렸다. 아무래도 웬디가 집에 계속 있는 것이
스트레스였던 것 같다. 웬디는 물 만난 물고기처럼 신나게 휴지를 뜯어 놓았다. 아마도 이렇게
하면 자신은 혼나지 않을 거라고 생각한 것 같다. 박먼지 나빠!

2017년 1월 22일 ● <달라도 너무 달라 6>

개가 꼬리를 흔드는 것은 반가움의 표시지만, 고양이는 짜증의 표시로 꼬리를 친다.

2017년 1월 23일 ● <먼지와 웬디, 천천히 가까워지다>

웬디는 먼지가 좋은지 늘 졸졸 따라다닌다. 먼지에게 다가가기 위한 웬디의 노력은 눈물겹다. 반가운 마음에 먼지에게 후다닥 뛰어가는 버릇은 좀처럼 고쳐지지 않아서 늘 쫓고 쫓기는 상황이긴 하지만. 먼지가 자려고 누우면 웬디가 슬그머니 다가와서 옆에 따라 눕는다. 눈치를 보며 옆으로 살금살금 다가와서 먼지의 몸에 자신의 발이나 꼬리를 대고 잔다. 그렇게 둘은 천천히 가까워지는 중이다.

2017년 1월 25일 ● <관계 맺기의 방식>

먼지는 우리와 가까워지는 데 시간이 한참 걸렸다. 누구에게나 각자에게 맞는 속도가 있다. 상대방이 마음을 열고, 편안해질 때까지 기다려주는 것은 관계를 맺기 위해 꼭 필요하다.

(웬디는 이후 트위터를 통해 오래 지켜봐주신 가족에게로 입양되었다. 사랑을 듬뿍 받으며 행복하게 살고 있다.)

2017년 1월 27일 ● <좋은 건 비싸다>
먼지를 위해 더 건강하고 좋은 사료로 바꾸기로 했다. 역시 좋은 사료는 비싸다. 그래도 맛있게 먹는 모습을 보면 뿌듯하다.

2017년 1월 28일 ● <함께 살기 위해서는 비용을 지불해야 한다.>

반려동물과 함께 살려면 생각보다 많은 돈이 필요하다. 매일 먹는 사료와 매일 쓰는 화장실 모래는 떨어지지 않게 계속 주문을 해두어야 한다. 반려동물도 보험을 미리 들어두지 않으면 병원에 갈 때마다 진료비와 검사비, 약값이 꽤 많이 든다. 건강하면 다행이지만 지병이 있으면 건강보조제와 약을 지속해서 먹여야 하는데 그 비용이 만만치 않다. 그 외에도 스크래처나 간식, 캣타워 등등 고양이와 행복하게 살기 위해서는 살 것이 꽤 많다.

2017년 1월 31일 ● <참아야 한다>

새 옷을 사고 싶지만…… 먼지 간식도 사야 하고 장난감도 사야 하고 화장실 모래도 사야 하고…… 참아야지…….

2017년 2월 2일 ● <몹쓸 배변 습관>
우리가 밥을 먹을 때 꼭 일을 보는 먼지. 볼 일을 본 뒤 멀리 떨어져서 지켜보고 있는 먼지.

1

2

?!!

3

4

2017년 2월 5일 ● <무서워하는 것>
1. 째깍거리는 소리가 나는 시계.
2. 큰 소리가 나는 것.
3. 미용실 다녀온 후의 나(?).
4. 크기가 커다란 것.

2017년 2월 8일 ● <다이어트가 필요해>

박먼지! 너 다이어트 해야겠다.

2017년 2월 11일 ● <식탁 고양이>
달걀 프라이 훔쳐가는 박먼지.

와르르르~

2017년 3월 16일 ● <말썽꾸러기>
말썽꾸러기 박먼지.

2017년 4월 3일 ● <먼지는 산책을 싫어해>

먼지에게 바깥 공기를 느끼게 해주고 싶었다. 하네스*를 하고 가방에 넣어 산책에 나섰다. 좋아할 거라고 생각했는데 사시나무 떨듯이 바들바들 떠는 겁쟁이 박먼지. 어쩌면 먼지가 아니라 나의 욕심을 채우기 위한 산책이었을지도 모른다. 말은 통하지 않지만 나의 고양이가 행복해하고 기뻐하는 일을 해주고 싶다.

*하네스(harness) : 산책용 가슴 줄. 목과 가슴에 채우고 리드 줄에 연결하여 사용한다. 하지만 고양이는 유연해서 잘 빠져나간다. 주의 요망.

2017년 4월 15일 ● <여행 준비>

4월 말에는 모처럼 남편과 여행을 가기로 했다. 먼지를 집에 혼자 두는 것이 특히 신경 쓰이고 걱정된다. 동물 호텔이나 친구의 집에 맡길까 생각도 했지만 고양이는 영역 동물이라서 공간이 무척 중요하다. 특히 먼지의 경우는 새로운 공간에 가면 극도로 스트레스를 받고 긴장한다. 게다가 낯선 사람까지 마주해야 한다면? 익숙하고 편안한 공간에서 혼자 있는 편이 나을 거라 생각했다. 사료는 자동 급식기에서 매일 나온다. 가족들이 집에 자주 들러서 먼지를 돌봐주기로 약속했다.

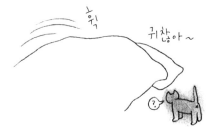

2017년 4월 19일 ● 〈라이벌은 스마트폰〉
박먼지의 속마음.
'스마트폰 그만하고 나랑 놀자!'

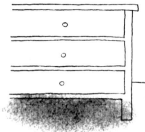

먼지와 나 사이. 서로 동고동락하는 사이.

즉, 싸움과 화해를 끝없이 반복하는 사이.

2017년 4월 25일 ● <징후>

어제 먼지가 이불에 오줌을 쌌다. 오늘은 먼지 화장실을 치우는데 오줌에 분홍빛이 도는 것 같았다. 내 눈이 이상한가? 조명이 이상한 걸까? 불안하지만 조금 더 지켜보자.

2017년 4월 26일 ● <육식동물의 후손>

고양이는 본디 사냥을 하는 육식동물의 후손이다. 약점이 될 수 있으므로 절대 상대에게 아픈 티를 내지 않는다고 한다. 그래서 평소에도 혹시 병을 키우지 않을까 걱정이 된다. 티를 좀 내줬으면, 엄살을 부려줬으면 좋겠다.

나는 몸이 아파도 웬만하면 병원에 잘 가지 않는 성격이다. 혼자 티 내지 않고 끙끙 앓는 것이 고양이와 비슷한 것 같다. 하지만 먼지에게는 촉각을 곤두세우고 있다. 조금만 이상한 낌새가 느껴져도 얼른 들쳐 안고 병원으로 달려간다. 내일도 이상하면 병원에 가보자.

2017년 4월 27일 ● <특발성 방광염>
오늘은 오줌 전체가 분홍색이다. 아무래도 문제가 생긴 것 같다.

깜짝 놀라서 동물병원으로 달려갔다. 검사 결과 특발성 방광염이었다.

다행히 방광에 결석은 없었지만, 결석의 전 단계인 크리스털들이 발견됐다. 수컷 고양이의 요도는 좁아서 작은 결석으로도 막힐 수 있다고 했다.

집에 오자마자 먼지가 화장실에 갔다. 소변에 피가 많이 섞여 나와 감자가 빨갛게 변했다. 시간이 갈수록 더 나빠지는 것 같았다. 가슴이 철렁 내려앉았다. 먼지는 움직이지도 않고 그저 동그랗게 몸을 말고 누워만 있다. 밥도 거의 먹지 않았다. 장난감을 흔들어도 심드렁하다.

먼지야 놀자.

먼지야 놀자.

먼지야 놀자.

먼지야 놀자.

·
·
·

먼지야 놀자.

신경쓰인다...

씨익

상태와 컨디션이 평소와 매우 달랐다. 확실히 이상했다. 모두 내 탓 같았다. 당장 내일 여행을 어떻게 해야 할까. 망설여졌다. 매일 약도 챙겨줘야 하고 식사량과 화장실도 점검해야 한다. 남에게 맡길 수도 없는 일이다. 무엇보다 먼지가 걱정되었다. 새벽까지 잠도 못 자고 고민했지만 역시 여행을 취소하기로 했다.

2017년 4월 30일 ● <집중 관찰>

먼지가 입맛이 없는지 사료는 잘 먹지 않았다. 좋아하는 캔에 약을 넣고 물을 많이 섞어 주었
더니 다행히 그건 잘 먹었다. 하루에 대소변을 몇 번 봤는지, 밥과 물은 얼마나 먹었는지 따로
수첩을 만들어서 기록했다. 나와 남편이 계속 집에 함께 있으니 먼지도 기분이 좋아 보였다.

2017년 5월 5일 ● <쾌차>

연휴 동안 잘 보살폈더니 소변의 상태와 양 모두 정상으로 돌아왔다. 휴.

2017년 5월 6일 ● <평범한 일상의 소중함>

먼지는 매일 사료 한 그릇을 뚝딱 비우고, 화장실에 잘 가고, 우리가 집에 오면 신나게 놀다가 잠을 잔다. 먼지가 아프고 나니 평범한 일상의 고마움을 깨닫게 된다. 일상이 깨지기 전에 소중함을 느끼면 좋으련만, 어리석은 탓에 자꾸만 잊어버린다. 내일도 모레도, 내내 아무일 없이 행복하기를 바란다.

먼지는 나의 첫 고양이다. 가족 모두 개를 좋아해서 초등학교 때부터 개와 함께 살았지만, 고양이는 처음이었다. 개들은 '내가 이렇게 큰 사랑을 받아도 되나? 그럴 자격이 있나?' 싶을 정도로 솔직하게 애정을 보여줬다면 먼지는 달랐다. 인간에게 친화적인 고양이는 다를 수도 있지만, 먼지는 자신의 마음을 잘 표현하지 않았다. 꽤 오랫동안 다가가면 노골적으로 불편해 했고, 자리에서 일어나 휙 가버리곤 했다. 고양이를 대해본 경험이 없던 나는 그런 태도가 처음엔 조금 낯설고 서운하기도 했다.

하지만 처음에는 그토록 겁 많고 냉담하던 먼지가 조금씩 편안해 보이고 점점 우리와 가까워질 때 느꼈던 기쁨 또한 컸다. 느리지만 확실하게 한 걸음씩 다가오고 있었고, 우리는 언제까지나 기다릴 준비가 되어 있었다. 지금 우리는 서로를 신뢰하고, 사랑하고 있다. 우리가 한 가족이며 생의 끝까지 함께 의지하며 살 것을 믿고 있다.

종종 주변의 친구들이 키우는 고양이들을 만나곤 한다. 그때마다 경계심 없이 바로 낯선이의 손길을 기꺼이 받아들이고 품으로 들어오는 고양이가 신기하다. 세 살이 넘은 지

금도 먼지는 집에 낯선 사람은 물론, 몇 번 얼굴을 봤던 사람이 다시 와도 구석에 숨어 오랫동안 나오지 않는다. 그런 먼지가 나와 남편에게는 그 소심한 마음을 열어주었다는 사실이 더없이 고맙고 기쁘기도 하다.

요즘 먼지는 늘 나와 남편이 가장 잘 보이는 곳에 누워서 우리를 지켜보고 있다. 부엌에 있으면 부엌에, 책상에 있으면 책상에, 침대에 누워 있으면 침대에. 여전히 자신이 정한 안전거리만큼 떨어져 있지만 늘 우리 근처에 머물러 있다. 그래서 나는 먼지를 '우리의 수호천사'라고 부른다.

먼지가 우리에게 다가와 몸을 대고 누울 때, 우리가 다가가도 도망가지 않을 때 먼지의 몸에 손을 대면 먼지는 '푸릉푸릉'하고 우렁차게 '골골송'을 부른다. 먼지가 인간에게 표현할 수 있는, 서툴지만 가장 큰 사랑의 표시라고 여긴다. 먼저 다가와 다리에 몸을 비빌 때도 많다. 느리지만 조금씩 마음을 여는 것이겠지. 먼지도 우리를 많이 사랑하고 노력하고 있는 거겠지. 개와 고양이는 속도와 표현 방법 모두 다르지만, 각자의 방식으로 가족을 사랑한다. 먼지가 없는 삶은 상상할 수 없다. 앞으로도 몇 번의 고비와 마주하게 될 것이다. 그때마다 또 이겨낼 것이다. 먼지와 더 많이 가까워질 내일을 기대한다.

더 읽을 만한 책

한 권의 책은 또 다른 책으로 안내합니다. 『내 고양이 박먼지』를 읽으셨다면, 고양이와 함께 살아가는 것에 관심이 생기셨다면 다음의 책도 읽어보시길 권합니다. | 지은이 주

『공존을 위한 길고양이 안내서 』
이용한 지음, 북폴리오, 2018

길고양이를 돌보기 전, 혹은 지금 돌보고 있다면 꼭 읽어야 하는 책. 고양이들의 특징과 주의사항, 인도적인 TNR 방법과 입양 등 길고양이에 대한 다양한 정보와 전문적인 지식들이 담겨 있다. 길고양이에게 질병이 발견되었을 때나 주민 간의 분쟁 등 돌발 상황에 대한 대처법도 나와 있어 매우 유용하다.

『캣센스』
존 브래드쇼 지음, 한유선 옮김, 글항아리, 2015

먼지와 함께 살면서 고양이라는 종에 대해 호기심을 느꼈다. 『캣센스』는 처음으로 찾아 읽은 고양이에 대한 인문 교양서. 고양이의 진화, 신체적 특징, 성격, 성장 과정, 심리 등에 대해 다룬다. 전문적인 지식과 정보들을 폭넓게 담고 있으면서도 친근한 문체 덕분인지 편안하게 읽힌다. 고양이는 알면 알수록 흥미로운 동물이다.

『To Cats』
스노우캣 지음, 모요사, 2011

『To Cats』는 작가 스노우캣과 고양이 나옹의 소소한 일상을 그림과 사진으로 담아낸 책이다. 책에 담긴, 나옹을 사진에 담는 작가의 시선과 사진 속 나옹의 표정에서 서로를 향한 애정과 신뢰가 느껴진다. 늘 곁에 두고 시간 날 때마다 꺼내보는 아름다운 책. 작은 고양이 한 마리가 사람에게 얼마나 큰 위안을 줄 수 있는지를 깨닫게 해준다. 고양이에게 고마운 마음이 저절로 든다.

『100만 번 산 고양이』

사노 요코 지음, 김난주 옮김, 비룡소, 2002

고양이가 나오는 그림책은 많지만 그 중에서도 가장 좋아하는 것은 사노 요코의 『100만 번 산 고양이』다. 죽음과 삶, 그리고 사랑에 대해 사유할 수 있어 좋았다. 단 한 번뿐인 삶의 의미에 대해서 생각해볼 수 있는 책.

『그림이 야옹야옹 고양이 미술사』

이동섭 지음, 아트북스, 2016

모든 것은 아는 만큼 보이고, 사랑하는 만큼 관심을 갖게 된다. 저자는 친구의 고양이를 돌보면서 그림을 보는 방식까지 바뀌었다고 말한다. 고대 이집트에서 앤디 워홀까지 그림 속 고양이를 따라가며 미술사에 대해 이야기한다. 익숙한 작가들의 그림 속에서 낯선 고양이를 발견하는 경험이 무척 즐겁다. 그림만 넘겨봐도, 보는 것만으로도 행복한 기분.

『쿠루네코 1~6』

쿠루네코 야마토 지음, 박지선 옮김, 중앙북스, 2012

고양이와 함께 살기 전부터 좋아했던 일본 만화. 작가는 애처로운 고양이를 주워오는 것이 집안 내력이라고 말한다. 기본 등장 고양이만 아홉 마리에 다른 고양이도 많이 나온다. 고양이들을 키우며 생기는 다양한 에피소드들이 익살스럽고 귀여운 그림으로 표현되어 무척 재미있다. 내 생애 첫 고양이인 박먼지를 만났을 때 조금은 수월하게 돌볼 수 있었던 것도 고양이에 대한 만화책들을 즐겨 읽었던 덕분인 것 같다.

『고양이처럼 생각하기』

팸 존슨 베넷 지음, 최세민 옮김, 신남식 감수, 페티앙북스, 2017

행동학에서 본 고양이 양육 대백과. 고양이의 관점에서 제대로 이해하고 의사소통을 한다면 문제가 있는 행동을 해결할 수도 있고, 앞으로 일어날 문제도 예방할 수 있다고 말한다. 고양이 입양부터 예절교육, 사료와 화장실 선택, 놀이와 행동문제 해결법,

노령묘 돌보는 법, 응급상황 대처법, 의료 정보까지 상세하고 다양한 정보를 담았다. 곁에 두고 있다가 먼지가 평소와는 다른 행동을 하거나 드문 증상을 보일 때, 궁금한 부분이 생길 때마다 들춰보는 책이다.

『아무도 미워하지 않는 개의 죽음』
하재영 지음, 창비, 2018

번식장에서부터 경매장과 보호소까지 버려진 개들에 대한 르포. 어렴풋이 알 것 같으면서도 외면하고 싶었다. 책장을 넘기며 마주한 현실은 더 지독하고 아팠다. 사람들의 목소리를 읽는데 개들의 울음소리를 듣는 기분이었다. 개에 대한 책이지만 고양이도 사정은 비슷하다. 인간이라고 다를까. "동물이 대접받는 나라는 사람을 함부로 대하지 않습니다."

『동물권리선언』
마크 베코프 지음, 윤성호 옮김, 미래의창, 2011

사회적으로 문제가 되고 있는 공장식 가축농장에서부터 동물 실험, 동물원, 반려동물까지 동물을 대하는 인간의 태도에 대해 지적하고 변화를 촉구한다. 저자는 모든 동물은 존재만으로 가치를 지니며 자유로운 삶을 누릴 권리가 있다고 말한다. 이 책을 통해 나는 어떤 태도로 살아가야 할 것인가, 또 동물을 어떻게 이해하고 공존할 것인가에 대한 답을 일부 찾기도 했다.

『동물해방』
피터 싱어 지음, 김성한 옮김, 연암서가, 2012

1975년 첫 출간 이래 개정을 거듭하며 동물해방운동의 바이블로서 여전히 중요하게 읽히는 책이다. 동물을 대하는 인간의 태도를 지적하며, 동물들에 대한 잔혹한 학대와 착취 행위에 반대한다. 동물 실험과 공장식 농장의 현실 등에 대한 구체적인 묘사가 충격적이고 고통스럽다. 하지만 알아야만 변할 수 있다. 나부터 변해야 한다.

이 책을 둘러싼 날들의 풍경

한 권의 책이 어디에서 비롯되고, 어떻게 만들어지며,
이후 어떻게 독자들과 이야기를 만들어가는가에 대한 편집자의 기록.

2013년. 한 포털 사이트에서 우연히 따뜻한 느낌의 그림을 발견하다. 박정은이라는 이름을 기억해두다.

2014년. 당시 만들던 궁궐 관련 책에 새로운 느낌의 일러스트를 담아보기로 하다. 박정은이라는 이름을 떠올리고, 함께 작업해볼 것을 청하다. 일정이 맞지 않아 뜻을 이루지 못하다. SNS를 통해 그녀의 근황을 접하다. 고양이 '먼지'와의 일상을 틈틈이 따라가다.

2016년. 당시 만들던 책의 표지에 박정은 작가의 그림을 청해 사용하다.

2017년. 이 책의 출간을 계기로 드디어 얼굴을 마주하다. 박정은 작가와 책을 만들고 싶다는 마음을 전하려 했으나, 매우 두서없는 이야기들을 건네고 헤어지다. 당시 만들고 싶었던 책은 고양이 먼지를 중심으로, 고양이를 통해 사람이 성장하는 과정을 담은 것이었으나 구체적인 논의를 이어가지는 못하다. '고양이 먼지의 그림일기'는 이미 탐을 내는 출판사들의 제안이 이어지고 있음을 알았기에, 선뜻 제안하지 못하다. 이후 매우 가끔 연락을 주고 받다. SNS를 통해 근황을 서로 접하기도 하고, 여행지의 정보를 나누곤 하다. 출판사를 시작할 계획을 세운 뒤 다시 한 번 만남을 청하다. 이전보다 나을 것 없는 조건과 상황임에도 불구하고 저자는 편집자의 제안을 받아들이다. 뜻밖에 '고양이 먼지의 그림일기'를 책으로 만들 수 있게 되다. 저자는 두 가지 조건을 제시하다. 하나는 제작에 사용하는 용지는 재생지로, 인쇄는 친환경 잉크를 사용할 것, 두 번째는 수익금의 일부를 길고양이 보호에 쓰고 싶다는 것. 마다할 이유가 없을 뿐만 아니라 출판사 역시 동참할 방법을 고민하기로 하다.

2018년 1~3월. 본격적으로 '고양이 먼지의 그림일기'의 원고 검토 및 보완에 들어가다. 이를 위해 편집자는 원고 전체에서 넣을 것과 보완할 것을 중점적으로 살피고, 의견을 전달하다. 편집자의 의견을 받아 저자는 원고의 분량을 조정하고, 고양이를 키우지 않는 이들에게는 낯선 용어에 대한 설명을 추가하고, 고양이 먼지를 통해 획득한 생명과 공존에 관한 인식의 확장을 무겁지 않게 담아내다. 약 서너 차례의 대대적인 수정 및 보완 작업을 거치며 고양이와 애묘인의 알콩달콩하고 어여쁜 일상의 기록만이 아닌, 생명을 받아들이고 함께 살아가면서 느끼는 매우 현실적인 고민과 그로 인한 변화, 생명과 더불어 산다는 것이 무엇을 의미하는가에 대한 진지하고 따뜻한 성찰의 기록으로 나아가다.

2018년 3월. 판형과 본문의 레이아웃을 정하다. 디자이너 최수정 역시 고양이 두 마리와 5년여째 동거 중이어서 디자인 구상 단계에서 온갖 아이디어가 속출하다. 책의 페이지 번호 옆에 일련의 고양이 이미지를 배치함으로써 플립북과 유사한 즐거움을 독자에게 제공하자는 것, 고양이를 키우는 사람이라면 백만 번 공감할 지점에서 이미지를 과감하게 배치하자는 것도 그의 제안에서 비롯되다. 그렇게 만들어진 1차 편집본을 놓고 저자와 편집자 모두 할 말을 잃고 두 눈을 크게 뜨고 서로를 바라보다. 그 결과 이 책에 온갖 잔재미들이 곳곳에 배치되다. 이런 잔재미들을 통해 독자들이 때로는 두 눈을 크게 뜨고, 또 때로는 실소를 흘리는 모습을 상상하며 편집자는 홀로 즐거워하다.

2018년 4월. 본문은 그림일기의 원형을 살려 흑백으로 가되, 책의 앞뒤에 새로 그린 컬러 채색화를 배치함으로써 독자들에게 선물 받는 느낌을 주려 하다. 본문에 박정은 작가 특유의 따뜻하고 세심한 그림을 새로 그려 넣어 고양이와의 일상이 상징하는 다양한 감정을 책 전반에 불어넣다. 이 그림을 그저 보는 것에서 나아가 독자들이 직접 채색을 해보며 자신만의 그림을 완성할 수 있도록 초판 1쇄본의 책 뒤에 별도의 부록으로 꾸며 추가하다.

2018년 5월. '고양이 민지×그림일기', '나의 고양이 나의 민지', '내 고양이, 민지' 등을 놓고 도돌이표 같은 제목회의를 거듭하다. 역시 5년여차 애묘인 디자이너 최수정이 툭, 한마디를 던지다. '내 고양이 박민지, 어때?'. 이 한마디로 무한반복 중이던 제목회의가 드디어 끝이 나다. '입에 어쩌면 이렇게 착 달라붙느냐'며, 우리끼리 '만세'를 부르다. 그날 저녁 일사천리로 표지 문안을 확정하다. '더 읽을 만한 책'을 저자에게 청하다. 5월 20일. 표지 및 본문을 최종적으로 점검하다. 드디어 편집의 모든 작업이 끝나다. 5월 21일 인쇄 및 제작에 들어가다. 표지 및 본문 디자인은 최수정이, 제작 관리는 제이오에서(인쇄·민인프린텍, 제본·정문바인텍, 용지·표지-아르떼210그램, 순백색, 본문-그린라이트 80그램과 100그램, 부록-백색모조 150그램), 기획 및 편집은 이현화가 맡다.

2018년 6월 5일. 혜화1117의 두 번째 책, 『내 고양이 박민지』 초판 1쇄본이 출간되다. 출간 이후 기록은 2쇄 이후 추가하기로 하다.

내 고양이 박먼지

2018년 6월 5일 초판 1쇄 발행   지은이 박정은
                                                펴낸이 이현화
                                                펴낸곳 혜화1117 출판등록 2018년 4월 5일 제2018-000042호
                                                주소 (03068)서울시 종로구 혜화로11가길 17(명륜1가)
                                                전화 02 733 9276 팩스 02 6280 9276 전자우편 ehyehwa1117@gmail.com
                                                블로그 blog.naver.com/hyehwa11-17 페이스북 /ehyehwa1117

                                                ⓒ 박정은

                                                ISBN 979-11-963632-1-5 03810

이 도서의 국립중앙도서관 출판예정도서목록(CIP)은 서지정보유통지원시스템 홈페이지(http://seoji.nl.go.kr)와
국가자료공동목록시스템(http://www.nl.go.kr/kolisnet)에서 이용하실 수 있습니다. (CIP제어번호: CIP2018015534)

혼자라서 그립다

고수유 지음

헤세의서재

차례

1부 남쪽 바다의 언어

2부 깊은 슬픔의 언어

3부 희미한 그리움의 언어

1부

남쪽 바다의 언어

혼자라서 그립다

남쪽 푸르른 바다

살아가는 것을 서서히 낡아가는 것이라 하면 생에 대한 모독이 될까? 내 고향 집 슬래브 지붕은 그 옛날의 푸른색을 다 버리고 칙칙한 빛깔로 변색 돼 버린 지 오래다. 비가 올 때마다 바다 빛 지붕은 자신의 살갗을 마당으로 조금씩 조금씩 토해 냈던 것이다.

하늘은 또 어떤가? 아무래도 어릴 적 보아오던 그 하늘빛은 온데간데없다. 원색의 기억이 닳아 없어지면서 나는 시간의 미아가 된 것은 아닌지 모른다.

오늘처럼 늦더위가 정겨워질 만도 할 때 나는 그리스의 민중가요를 듣는다. 아, 그 노래들은 현대인이 상실한 영혼의 숨결을 고이 간직하고 있지 않을까? 그리스 신전의 벽화에서 모티프를 따왔던 이사도라 던컨의 춤은 아마 인류의 '원형 의식'을 고이 되살린 것은 아닐까?

말이 무성해진 현대에는 아무래도 '이심전심의 소통'이 빛을 잃어버리는 것일지 모른다는 생각을 해본다. 말이 적었던 시대는 미개 시대였을까? 천만에 그때 사람들은 오늘날 우리가 잃어버린 '침묵의 기술'을 가지고 있었을 것이다. 그것을 기도라 해도 좋고, 명상이라 해도 좋고, 굿이라 해도 좋은 것 말이다.

오늘처럼 무더위가 저물어가는 듯할 때 나는 그리스의 민중 가요를 듣는다. 지금은 허물어져 사라진 내 고향 돌담길의 적요에 가만히 귀를 적셔본다.

사랑으로 지다

    진정한 사랑은 영원히 이미지로 존재하는 것은 아닌지 모르겠다. 내 전 생애를 온통 얼룩지던 사랑이 어느 날 눅눅한 잎사귀로 지고 말때, 돌연 나는 삶에 어색해진다. 나와 내 삶 사이에 서걱거리던 억새들이 바람에 썰물처럼 눕는다.

    사랑은 생을 버티게 하는 힘이 되기도 하고, 관습의 족쇄에 얽매어 불행의 씨앗이 되기도 한다. 어느 시에프의 한 장면에서는, 결혼식장에서 부케를 던지고 파혼의 줄달음을 치는 여자가 나온다. 사랑이 대체 무엇이기에, 그 여자는 식장 주례사를 앞두고 밖으로 뛰쳐나갔을까? 아마, 여자는 가을 노오란 햇살의 유혹을 떨쳐버리지 못했으리란 생각을 해본다. 여자에게는 남자의 체취보단 가을 들판의 샛노란 햇볕이 더 매혹적이었을 것이다.

그리하여, 우리의 삶은 매순간 사랑으로 진다. 은행 낙엽처럼 떠나보내기도 하고, 사진첩으로 고이 간직하기도 하면서 진정한 사랑은 긴 시간 속에서 피고 지는 것은 아닌지 모른다. 사랑은 소유함으로써 쟁취히기도 하지만 사실 보냄으로써 성취되기도 한다. 오늘은 보냄으로써 이루어지는 사랑의 잔잔한 애수에 잠들고 싶다. 내 사랑에게 자유를 줌으로써 나는 오롯이 사랑으로 지고 싶다.

젊은 우체부의 죽음

어떤 노래는 한 인간의 생을 고스란히 비추어준다. 내게서는 그리스의 여가수 사비나 야나토우가 부르는 「젊은 우체부의 죽음」이 그렇다. 항상 느끼는 바이지만 이상하게도 지중해 연안의 그리스의 감성은 내 고향 제주의 그것과 아주 닮았다.

내가 좋아하는 작가, 니코스 카잔차키스의 「희랍인 조르바」에도 여실히 그 사실이 드러나는데, 그 유사성은 한마디로 신화적 감수성이라 할 수 있다. 외국영화 「일 포스티노」와 한국영화 「그 섬에 가고 싶다」가 닮은 것처럼 말이다. 실은 지중해의 작가 니코스 카잔차키스에게서는 내가 좋아하는 또다른 작가,

장 그르니에와 알베르 카뮈의 향기가 맡아진다. 북극의 대문호인 톨스토이와 도스토옙스키와 다른, 사유와 감수성을 보여주는 작가가 바로 니코스 카잔차키스다.

오늘 아침 우연히 들은 「젊은 우체부의 죽음」은 나에게 잃어버린 감수성을 되찾아준다. 사람은 저마다 자신의 별자리를 가지고 태어나면서 하나의 운명에 예속되리라는 예감을 갖는다. 그처럼 한 사람 한 사람에게는 저 자신만의 고유한 감정이 있는데, 이것은 물질화될 수 없는 자산의 가치를 이룬다. 섬사람으로 자라면서 경험한 작열하는 태양광선과 바닷바람의 소금기, 뭉게구름은 그 사람의 영혼에 속하게 된다. 그가 성인이 되어 무엇을 하다가 세월을 전부 놓쳐버릴지 모르나 늘그막에 가서 그는 그의 귓가에서 부딪히는 파도 소리와 괭이 갈매기 울음에서 미처 벗어나지 못했음을 깨닫게 된다. 인생은 멀고 먼 길로 돌고 돌아서 다시 원점으로 찾아오는 과정이라고, 우리 농경사회의 세계관은 진작에 알려주었다.

오늘 아침 들은 지중해의 노래는 한 우체부의 죽음을 노래하지만, 또한 인생의 유한함을 결코 슬퍼하지 않은 목소리로 노래한다. 죽음과 삶, 천상과 지상, 선과 악의 이성중심적인 이분법하고는 상관없이 섬은 그 분별지를 하나로 어루만져준다. 섬에서는 죽음과 삶이, 천상과 지상이, 선과 악이 떨어지려야 떨어질 수 없는 하나의 속성으로 자리 잡고 있다. 모든 신화에서는 그것을 우리 인간에게 속삭여준다. 이승과 저승을 자유롭게 왕래하는 신화는 섬과 지중해에서는 오래된 관습에 속한다.

오늘 아침 사비나 야나토우가 부른 노래에서는 그 감수성이 전해져 온다. 결코 죽음을 비극으로 받아들이지 않는 의연한 태도가 피부로 느껴진다. 한 사람이 나고 죽는 게 꽃이 피고 지는 것이나 다름없다는 인식, 이것이야말로 우리 현대인이 잃어버린 고귀한 감수성이다. 사비나 야나토우가 부르는 노래에서는 우체부가 또다른 육체를 얻어 길을 떠나는 것만 같다. 흑과 백으로 찢어져버린 세계의 진상이 지중해의 그리스 여가수가 읊조리는 노래를 통해 희미하게 드러나는 듯도 하다.

라리아네의 축제[*]

찬바람이 목덜미를 적시니까 낯익은 곳도 다른 지방만 같다. 가을 녘 오전에서 오후로 이어지는 대로변에는 영화의 한 장면 같은 눈부신 풍경들이 연출된다. 가을만이 가져다주는 맑고 투명한 빛 탓이다. 이 시간쯤엔 고향의 야트막한 내 집 옥상의 빨랫줄에 걸린 옷가지들이 팔랑개비처럼 돌고 있겠지.

예전 우리 선조들의 삶에선 오늘처럼 계절의 휘황한 변화가 무관심하게 버려지지 않았을테지. 계절의 품안에서 나고 자라서 한 줌의 흙으로 돌아가던 선조들이었으니, 오늘 같은 눈 시린 풍경의 계절에는 일에서 두 손을 잠시 놓고 축제를 벌였으리라. 그 축제는 자생적인 자연의 호흡과 같은 것이었으리라. 벼를 거두어들이는 시점에서 우리 선조들의 가슴에선 흥겨운 홍얼거림이 파동치지 않았을까? 그 흥얼거림에 도취된 우리 선조들의 이마에는 오늘 같은 투명한 햇볕이 내리쬐지 않았을까?

오늘은 이름 모를 작곡가의 기타 소리에 젖는다. 어느 외국 해변 지방의 낮 따가운 햇볕과 파도 소리 그리고 주문 같은 민요를 떠올려본다. 이상하게도 이 기타 줄 퉁기는 소리에서는 내 고향 냄새가 묻어난다. 남태평양을 바라보는 나지막한 섬, 그곳에서 나서 자라고 죽는 인생의 축제가 고스란히 전해온다. 축제의 계절이다.

* 라리아네의 축제 : 루이지 모짜니의 기타 독주곡

젤
소
미
나

우리 기억의 노트에 이제는 한 생명으로 자리잡아서, 그 작달막한 몸으로 노래하고 춤추는 여자가 있다. 흑백 영화 「길」에서 나오는 백치의 여인 젤소미나는 우리 고향 마을 어귀에서 누구나 볼 수 있던 추억거리에 다름 아니다. 우리가 어릴 적에 살던 동네에는 젤소미나와 같은 '덜 떨어진' 사람들을 심심치 않게 볼 수 있었는데, 그런 백치 여자들의 한명으로 자리잡은 것이 영화 「길」에서 나오던 순수한 영혼의 소유자 젤소미나이다.

젤소미나는 엊그제 같던 우리 어릴 적 시절의 아련한 추억과 더불어 찾아온다. 그 시절에는 모든 것이 미지의 상태로 남아있는 한편, 요란한 구호들이 무성하기도 했다. 동네 한복판에 자리한 정미소의 거무칙칙한 기계에서는 굉음이 울려나오고, 마을 안쪽 두부공장에서는 김이 모락모락 나는 두부가 막 잘라지고 있었다. 그런 가운데 마을에서 제일 큰 슈퍼 유리문 앞에는 커피자판기가 진기한 물건처럼 떡 자리를 차지하고 있었다. 그 앞 퇴락한 하늘색 지붕의 이발소에서는 쇠가죽에다 길쭉한 면도칼을 문질러대고 있었고, 눈썹 짙은 이발사는 바닷가에서 자전거를 타고 올라오곤 했다.

그런 마을 변두리에서 잊을라치면 나타나던 여자 백치가 있었다. 내 나이 또래에 비해 서너 살은 많았지만 어디서 배웠는지 진기한 사투리를 뱉어낼 때는 시골 할머니 같았다. 그는 항상 남자고 여자고 가리지 않고 아이들과 잘 어울리면서도 언제나 혼자였다. 대개는 아이들의 시끌벅적한 소동에 끼어 있었을 뿐, 그에겐 친구가 없었다. 그는 6년을 마치면 떠나는 초등학교를 십년은 넘게 다니고 있었다. 그는 언제나 아이들 주위를 맴돌고 있었다.

앤소니 퀸이 주연으로 나오는 흑백 영화, 「길」의 젤소미나는 유랑 극단의 단원이다. 그는 언제나 북을 치고 노래하고 춤을 추고 나타난다. 그러나 그는 '행복'의 맛을 모른다. 그에게서는 서글픈 삶의 애잔함만이 전해져온다. 우리 생의 중심에서 그늘졌지만 고귀한 진실을, 젤소미나는 삶으로 보여준다.

젤소미나는 우리의 삶에서 떨어져 나간 유년 시절에 대한 보상으로 다시 환생해서 돌아온 것인지도 모른다. 언제나 고향마을 어귀에서 배회하고 있던 정겨운 우리 벗으로 다시 살아온 것이다.

홍콩 배우의 죽음[*]

그는 살아서 많은 영화로 우리 기억에 파고들었듯이, 그는 그의 죽음도 한편의 영화처럼 우리의 뇌리에 흰 깃발로 펄럭이게 하였다. 그는 그의 수많은 영화의 한 장면처럼 그의 이승의 삶을 마감하였고, 우리는 또 다른 '감동'에 젖어들게 되었다. 우리는 그가 남긴 명연기와 유명한 대사를 되씹으면서 그가 하찮게 대동댕이친 이승의 삶에 남아서 그를 추억하게 되었다. 그는 그의 유명세에 값하듯이 그의 죽음도 결코 초라하지 않게 맞이하였다.

그는 서서히 다가오는 운명의 날을 마냥 기다리기만 하는 보통 사람을 비웃기라도 하듯이 홀연, 허공에 몸을 날렸다. 누구에게나 딱 한번 찾아와, 그러나 그것으로 영원이 되고 마는 죽음을 그는 그의 조울증을 핑계로 삼아 얼른 낚아채버렸다. 그에게는 어제도 미래도 없이 오로지 감각적으로 만져지는 현재만이 전부였고, 그것에 직면하여 그는 그의 '선택'을 행사하였다.

＊ 홍콩배우 : 장국영(영화배우: 1956년 9월 12일~ 2003년 4월 1일)

한
자연
주의
자의
꿈

언제부터인가 내 뇌리에 맴도는 한 단어가 '자연주의자'이다. 왜 이것이 내 뇌리에 똬리를 틀고 떠나지 않는지 그 이유를 나는 알 도리가 없다. 다만 단어 곧 기표는 내 무의식의 부름에 이끌려 흘러가고 흘러온다는 것만을 나는 알고 있다. 누구나 자신의 감정을 감추고 싶은 언어가 있을 테고 이것은 지속적으로 억압되지만 역으로 그치지 않고 '출몰'한다. 또한 새로이 언어가 나타나서 한 인간의 경직된 정서를 순화시켜주기도 하는데 이럴 경우 이 언어는 도무지 뇌리를 떠날 줄 모르고 안주한다.

지금 내 뇌리에 보금자리를 틀고 있는 언어는 '자연주의자'인데, 이것은 아주 오래 전 내 독서 노트의 한 구절에 적혀진 게 아니었는가 여겨진다. 아마 루소의 어느 한 에세이에서 옮겨 놓은 것이리라. 헤르만 헤세 하면 떠오르는 단어가, '하늘', '구름', '방랑', '고독'인데 이것은 언제나 우리 인간의 마음에 잔잔한 파동을 그려준다. 우리 모두 헤세의 책을 덮는 순간, 헤세가 일생을 통해서 얻은 아름다운 이미지의 몽상에 빠져들게 된다. 그로부터 평범해 보이던 하늘과 구름과 방랑 그리고 고독이라는 이미지의 언어는 다시 태어난다. 비로소 우리는 헤세의 분신이 되어 자연의 벗이 될 수 있다. 마찬가지로 요즘 내 뇌리에서 아침저녁으로 졸졸졸 흐르는 언어, '자연주의자'는 나에게 어떤 권유를 하고 있지 않나 하는 생각을 갖는다.

실로 십여 년이나 지난 시기의 내 일상에서 아주 사라져버린 그것이 이제 나에게 나타나서 내게 손을 내미는 것이다. 그가 보여주는 것은 조용한 오솔길이 전부이다. 양쪽으로 늘씬한 포플러가 합장하듯이 서 있는 길이 나에게 하나의 문으로 다가온 것이다. 루소의 여러 지적에 관한 시항은 모조리 잊어버린 지 오래이다.

아, 그가 시골에서 평범하게 살아가다가 왕립학회에서 주최하는 현상 논문 공모에서 최고의 성적으로 수상하였고, 이로써 그는 당대 최고의 사상가로 입문하게 되었다는 아주 사소한 것만이 기억될 뿐이다. 그리고 그는 실제 그의 자연주의적인 저작의 내용과는 달리 자신의 딸을 버렸다는 확인할 수 없는 저주가 내 기억에 남아 있다. 그러나 어쨌든 루소는 평생을 통해 '고독한 몽상자의 산책'을 이어갔다.

이제 나는 '자연주의자'의 부름에 순순히 이끌려 갈 마음이다. 루소 성격의 자연주의에 내 것을 좀 보태라면 나는 '연금술사'적인 요소를 고집할 것이다. 단지, 금을 만드는 게 아니라 인간과 자연 그리고 우주를 이루는 것의 본질을 규명하는 방법으로서의 '연금술'은 현대 문명사회에서도 여전히 유효한 우리 인간의 과제일 것이다. 나는 인간을 포함해 꽃과 구름과 하늘 그리고 별을 모두 아우르는 것으로서의 '자연'에 대한 탐구를 애정을 가지고 숙제로 삼으려한다. 이제 나는 봄바람에 취하면서 '자연주의적 몽상'에 빠져들 것이다. 수 억 년을 반복하면서 찾아오는 봄바람을 온몸으로 느끼면서 나는 오솔길에 들 것이다.

「라빠르망」과 「7인의 사무라이」에 대한 불경스러운 단상 내가 아주 오래 전에 보았던 영화다. 「라빠르망」과 「7인의 사무라이」는 소재나 성격 면에서 아주 이질적이다. 하지만 이상하게도 내게는 그 두 영화가 하나의 공통점으로 묶여져 있다. 「라빠르망」의 줄거리는 다 잊어버렸는데 유독 아직까지 기억나는 부분은 결말이다. 한 여자를 사랑하지만 그로부터 버림받은 사내는 그녀와의 자폭으로써 사랑을 성취한다. 제삼자의 견지에서는 그게 과연 사랑의 성취인지 고려해 보아야겠지만 어찌됐건, 여자에게서 사랑을 허락 받지 못한 남자 쪽에서 볼 때는 유일한 소유를 향한 사랑의 성취인 셈이지 않을까?

이와 함께 유별나게 내 기억의 필름에 자주 떠오르는 것이 「7인의 사무라이」인데, 이 역시 줄거리보단 중요한 것은 한 대목이다. 아마 종결로 치달아갈 때였을 것이다. 7인의 사무라이는 마침내 산적의 소굴을 습격하는 데 성공한다. 그런 도중의 한 장면이다. 산적에게 '빼앗겼던' 농촌의 한 아낙이 불타는 소굴에서 뛰쳐나온다. 그런데, 바로 그 순간 아낙은 자신의 남편의 얼굴을 보고 만다. 자신을 구하러 목숨을 걸고 산적 소굴로 습격한 자신의 남편을 본 아낙은 곧바로, 불타는 소굴로 다시 뛰어들고 만다. 여자는 이미 한 남자의 여자가 아니라는 한 시대를 평정했던 유교적 가치에 억눌려있었던 셈이다. 어쨌든, 아낙은 죽음으로써 온전히 사랑을 유지하려고 했음에 틀림없다. 제삼자의 관점이 어떠했든지 간에, 여자의 입장에서는 그것이 최선의 사랑이라고 보았던 것이다.

오늘 따라, 그 두 영화의 유별나고도 그로테스크한 사랑이 절절하게 가슴에 전해져 온다. 사랑, 그것은 불가해한 우리 인생 최고의 문제이며 화두라는 생각에 잠겨본다. 영혼을 태우는 불나방 같은 사랑 앞에서 다시금, 이데올로기와 윤리와 가치를 이야기하자면 불경(不敬)스러운 이야기가 되겠지.

라이너 마리아
릴케를 추억하며

　내가 사랑하던 시인, 라이너 마리아 릴케는 패혈병으로 이승을 등졌다 한다. 어느 봄날이었을까? 시인은 뜨락에 피어난 장미 가시에 손가락을 찔렸는데, 그것이 그의 향기로운 목숨을 저, 세상으로 앗아가 버리고 말았다 한다. 패혈병이란 온몸을 맴도는 피에 세균이 번식하는 것이라 했던가? 장미를 사랑하던 시인은 장미에서 사랑과 죽음을 동시에 발견하였고, 마침내 이 세상에 대한 집착이 사라져버린 것은 아니었는지.

시인은 「말테의 수기」라는 산문 속에서 한 인간이 홀로 내쉬는 고독한 숨결을 아름답게 그려놓기도 했다. 사람들은 살기위해 이 도시로 오지만 오히려 나는 사람들이 여기서 죽을 것 같다, 하는 첫 문장이 화관처럼 책 머리를 장식하고 있다. 그래서 그것은 현대 도시인의 외로움과 처절함을 진작에 포착해 놓은 '발견'이 되기도 했으려만.

다시 장미의 계절이 다가 오고 있다는 느낌이다. 이미 골목 담장에 뼈다귀로만 남은 장미 넝쿨에는 붉은 피가 돌고 있으리라. 언젠가 홀로 골목길을 귀가하고 있을 때, 나를 맞이하던 장미의 빛깔을 추억해 본다.

장미, 오 순수한 모순이여,
그 많은 눈꺼풀 밑에서 누구의 것도 아닌
잠이고 싶은 마음이여.
(Rose, oh reiner Widerspruch, Lust,
Niemandes Schlaf zu sein unter soviel Lidern.)

- 릴케의 묘비 명

첫
사
랑

나는 그 여학생의 이름을 초등학교 때부터 알고 지내왔지만 설마 그 여학생이 내 이름을 알고 있는 줄은 꿈에도 상상할 수 없었습니다. 그 여학생은 시골 변두리 학교에서 공부를 꽤 잘한 데다 희디흰 얼굴로 선생님의 사랑을 한 몸에 받았던 것입니다. 물론 까무잡잡한 얼굴의 남자 아이들도 선생님에게 질세라 그 여학생을 남몰래 좋아했는데 왜 나라고 예외가 되었겠습니까? 하지만 나는 단 한번만을 제외하고 멀리서 그 여학생 근처에서 맴돌기만 했습니다.

여름 방학 시작되었을 무렵에 나는 동네 벚꽃 나무와 앵두 나무, 무화과나무를 다 헤집고 다녔습니다. 어느 날인가 벚꽃 나무 위에서 늘보다람쥐처럼 누워 있는데 그 여학생이 나보고 나무 위로 올려달라고 했던 적이 있습니다. 나는 나무 위에서 여학생의 손을 잡고 나무 위로 오르는데 도움을 주었고, 또 여학생이 손짓을 하는 곳으로 아슬아슬 나무를 타고 가서 터질 듯이 무르익은 벚꽃 열매를 따서 여학생에게 건네주었습니다. 여학생은 벚꽃열매 한두 알만 따서 입술로만 깨물다가 뱉어내 버렸는데, 벚꽃열매에는 애초에 관심이 없어보였습니다. 분홍 입술에 살짝 검붉은 빛이 떠올랐습니다. 여학생은 내내 그렇게만 나무 위에 걸터앉아있었는데 나는 그만 떨리는 가슴 때문에 먼 곳으로 나뭇가지를 타고 가버렸습니다. 여학생은 한참 그렇게 앉아 동요를 흥얼거리기도 하고, 짙푸른 나뭇잎을 따 한 잎 한 잎 떨어뜨리기도 했습니다. 그리곤 도로 나무기둥을 부여잡고 내려가 버렸습니다.

바로 이것을 유일무이한 그 여학생과의 첫 만남이자 마지막 만남으로 나는 가슴에 품어두고 있었습니다. 그것을 마지막으로 중학교를 진학하면서 그 여학생을 다신 만날 수 없었습니다. 그러다가 고등학교 때에 버스 정차장에서 그 여학생을 다시 만났습니다. 그때 나는 폐결핵을 핑계로 공부는 뒷전에 팽개치고 본래의 통학 길하고는 거리가 먼 길을 종종 다니곤 했습니다. 그때 여학생이 타고 다니던 버스에 같이 타게 된 것입니다. 사춘기를 지나는 동안 짝사랑 한번 못해봤던 나에게 여학생은 순결한 수녀처럼 다가왔습니다. 비로소 사랑의 열병에 몸이 달아오른 나는 한없이 낭비하는 편지지로써 여학생에 대한 사랑을 확인하곤 했습니다.

그때, 나는 메타포에 눈을 떠 온갖 다양한 시 구절을 써내는 데 심혈을 기울였습니다. 하지만 대부분 찢어져 버려지는 편지지는 남자답지 못한 글씨에 대한 불평을 받아야했습니다. 그 숱한 불면의 날에 써 놓은 한 통의 편지를 가슴에 품고 나는 여학생이 하교하는 버스를 타곤 했습니다. 여학생의 눈빛은 나를 기억하는지 못하는지, 깊이 모를 빛으로 반짝거렸습니다. 때때로 여학생이 내 옆으로 와 서 있기도 했지만, 여학생은 저희 친구들끼리 재잘거리기만 했을 뿐이었습니다. 그 여학생을 한 달여 버스에서 만나던 어느 날 저녁 나는 용기를 내어 여학생이 내리는 곳에서 내렸습니다. 뒤를 힐끔 쳐다보며 함께 걷던 친구들이 도중에 헤어졌습니다. 두근거리는 가슴으로 나는 여학생을 뒤쫓아 갔습니다. 그리곤 더듬거리는 말로 여학생을 세워놓고 편지를 전해주었습니다. 편지를 건네자마자 뒤돌아서는 순간, 뒤에서 귀에 익은 소리가 들렸습니다. 그것은 바로 내 이름이었습니다. 여학생은 초등학교 시절의 나와, 한 달여 버스에서 마주친 나를 기억하고 있었던 것입니다. 그 여학생은 내 이름을 호명하는 것으로 그 모든 사실을 증명해주었던 것입니다.

웃을 수 있는 자유,

웃을 수 있는 권리

역설적이게도 이 지구상에서 가장 행복한 사람들이 누구냐고 물어오면, 미국인이나 프랑스인 그리고 스웨덴인도 아닌, 에스키모 인이라고 말하고 싶다. 거의 문명의 혜택을 누리고 있지 못한 채로 빙판의 혹독한 추위 속에서 최소한의 생계만을 유지하고 살아가는 그들은 그러나 이 세상에서 가장 많은 웃음을 짓는다고 한다. 하루 평균의 웃음의 양을 재보니까, 단연 에스키모 인이 이 세상에서 제일 많이 웃는다고 한다. 그 척박한 지대의 삶에서 무슨 웃을 일이 있을까하고 고개를 갸웃할 수도 있으리라. 하지만 역으로 에스키모인은 그 최악의 환경 속에서 그들만의 최고의 행복을 만끽하고 살아가는 것이다.

　　현대는 한 개인으로 하여금 웃을 수 있는 자유와 웃을 수 있는 권리를 앗아갔다. 이 시대는 실로 거짓 웃음을 상품화하여, 사람들에게 그것에 도취되도록 한다. 영화, 드라마와 소설 만화를 포함한 거의 모든 매체에서 양산하는 웃음은 이미 변질된 지 오래지만, 사람들은 그 가공의 웃음을 우리 일상의 척박한 생을 위로하는데 쓰고 있는 것이다.

　　농경 사회의 여러 풍속에서 자연발생적으로, 생산적으로, 인간적으로 생기는 웃음은 현대 산업자본주의 사회에서 사라진 지 오래이다. 우리들은 기성 상품화한 웃음을 돈을 주고 사고

소비하는 시대에 살고 있다. 이 웃음이 진짜 웃음이 될 수가 없는 것이 도대체 우리 삶의 인간적인 가치에는 전혀 관심을 두지 않기 때문이다. 때리고 부수고, 일그러뜨리면서 억지로 만들어내는 웃음은 이미 이 사회 전체에 전염되었다. 여기 저기 끊이지 않고 웃음이 터져 나온다. 텔레비전 앞에서 영화관에서 인터넷 방에서. 그러나 그 웃음에는 진정한 카타르시스가 없다. 한 인간의 헝클러진 감정을 곱게 빗어주는 카타르시스의 효과는 찾아보기 힘들다. 웃음이 역겨운 노동의 연장선상에 놓이게 된 것은 아닌지 모르겠다.

에스키모의 소박하지만 인간적인 웃음이 그리워진다. 목에서만 나오는 웃음이 아니라 아랫배에서 터져 나오는 웃음을 터뜨리고 싶다. 그런 웃음은 내 몸 속 깊이 박혀있는 피로, 병균을 말끔히 없애줄 것이다. 나에게는 마음껏 웃을 자유가 있다, 나에게는 신나게 웃을 권리가 있다! 제발 방해하지마라, 자본주의여!

다
가
오
는
봄
날

늘어가는 내 생애의 무게와 상관없이 올해도 어김없이 봄날은 온다. 봄날이 오고 있으려니 내 기억 속에 처박혀있던 잃어버린 시절의 향기들이 솔솔 풍겨 나온다. 무엇보다, 내가 대학을 입학해 하루가 멀다 하고 술 마시고 문학 동아리 방을 전전하고 또 그런 한 편으로는 어느 여학생에 대한 짝사랑으로 열병을 앓았던 기억이 언제나 새롭다.

나는 늦깎이 대학생으로 대학에 들어와서는, 나보다 어린 선배 대학생들과 어울리며, 시대와 민족과 문학에 대하여 매일 밤마다 열띤 토론을 했었다. 아마도 그때였을 것이다. 노동의 해방을 주창하던 한 시인은 막, 사형을 선고 받았는데 그는 교도소에서 자신의 처절한 심정을 담은 시를 세상에 공개하기도 했다. 그의 시는 죽음을 앞 둔 한 혁명가의 자기 독백이었다, 그의 시는 압제 시대의 심장을 향한 화살이었다, 그의 시는 그러나 죽음을 두려워하는 가녀린 한 인간의 슬픈 고백이었다.

지나간 숱한 기억의 편린 중에 오늘은 내, 찬란했던 대학 신입생의 한 초상이 떠오른다. 그 시절은 모든 게 어눌했고, 그러면서도 실패를 두려워하지 않았고, 또 열정으로 가득했었다. 그러나 지금은 이 세상에, 이 우주에 나 홀로 걸어가고 있다는 느낌만이 나의 동반자가 되었다. 시대니 역사니 휴머니즘이니 하는, 그 모오든 것으로부터 나는 초월해버린 것은 아닌지 모른다. 하지만 난, 열렬히 누군가를 기다리고 있다는 사실을 부정해서는 안 된다. '희랍인 조르바', 언젠가 그가 내 홀로 걸어가는 길에 나타나, 멋쩍은 웃음을 날리며, 그리스에서 유전돼 오는 민속춤 한 토막을 추어줄 것이리라.

하
안
방

오랜만에 찾은 단골 피시 방 내부가 흰색 페인트로 새 단장을 했다. 옛날에 작가들은 찻집과 술집을 벗 삼아 인생을 탕진했다지만, 요즘 세상은 피시 방이 가난한 작가 지망생들의 휴식처가 돼 가는 듯도 하다.

늙은 마담의 욕지거리와 새로 들어온 아가씨들의 독한 향수가 그리워지는 것도 요즘이다.

오늘 내가 찾은 피시 방은 오랜만에 나에게 많은 몽상을 선사해준다. 경기도 이천에서 겪었던 암울한 공기, 그리고 따가운 태양이 내리쬐는 어느 고속도로 변 퇴락한 보습학원과 그곳 40대 학원 원장과 눈이 맞아 결혼한 40대 여 국어강사 그리고 정거장 앞 시계방의 뚱뚱한 백치 딸, 오늘은 그 모두가 그리워진다.

암만해도 흰색 페인트로 칠된 피시 방은 장 그르니에의 잠언 집에선가, 아니면 고흐의 그림에서 내가 한번 접했던 듯도 하다.

촛불처럼 환한 목련 송이송이

잔칫날처럼 분주하고 설레는 기분이다. 모르는 사람한테도 살짝 치아를 드러내고 싶어진다. 스쳐가는 처녀들이 다, 내 애인이 된 듯한 착각이 든다. 길목 모퉁이에 핀 목련 송이 때문이다. 지금, 강남에서 살짝 꽃잎 한 두 송이 떨구고 있는 목련이 강북에서는 활짝 만개하고 있는 중이다. 아주 천천히 봄은 북상 중이다. 티 없이 맑은 햇살에 놓고 보면, 장 그르니에의 「섬」이 떠오른다. 알베르 카뮈의 정신적 스승인 그가 섬에서 키워 올린 묵상집이 오늘은 내면에서 차오른다. 모든 정신과 사유의 뿌리는 결국 신화적인 것에서 찾을 수 있지 않을까 하는 내 단편적인 사고를 갖게 되는 것도 다 오늘 봄 날씨 탓이다.

오늘 같은 날은 누구나 다 잃어버린, 죽어서 잊혀버린 고양이 물루*를 떠올려야 하리라. 깊은 잠속으로 아주 사라져버린 한 마리 고양이의 울음소리에 경청해야 하리라.

* 물루 : 장 그르니에의 에세이 「섬」에 나오는 고양이 이름

'뻬쩨르부르크,[*]의 사내

낡은 외투를 입은 한 작가 지망생이 오늘 어느 이름 난 평론가에게 찾아갔다. 평론가를 기다리던 건물 복도 끝 유리창으로 빗방울이 떨어졌다. 인근 운동장을 가로질러 두 명의 여고생이 달려가는데, 애달프게 느껴졌다.

평론가의 방에는 수백 권의 책이 어지럽게 놓여있었다. 간밤에 책들은 춤이라도 추었던 것일까? 책 한권을 주워 탁자 위에 올려놓고, 책의 퀴퀴한 향내를 깊이 들이 마셨다. 10시 강의에 앞서 평론가는 그의 원고를 슬쩍 들춰보며, 격려의 말을 아끼지 않았다. "무엇보다 좋은 작품이 중요하지 …"

겨울비를 맞으며, 라스콜리니코프를 떠올리며, 그는 지하철로 뛰듯이 걸어갔다. 한 시절이, 또 기우뚱거리기라도 한 것인지, 현기증이 내내 뒤따라왔다.

* 뻬제르부르크 : 표도르 도스토예프스키의 「죄와 벌」 배경 도시

파
리
의
겨
울

　유키 구라모토의 피아노 연주를 듣는다. 그의 가슴은 한 시절의 풍경을 애틋하게 피워 올리는 호수와 같다. 그 호수를 우리는 살아오면서 한번쯤 지나쳤을 테지. 마음의 수채화를 그려내는 유키 구라모토는 우리의 시원을 반추하게 한다.

　나, 너, 우리 어제의 집을 찾아 홀로 나서게 한다. 「파리의 겨울」은 그럴 경우 당분간 우리의 안식처가 되리라.

'상기,에 대하여

플라톤은 우리 인간의 '지식'을 잃어버린 기억의 회복이라고 했다. 그것을 일러, '상기(想起, anamnesis)'라 했다. 어린 아기가 말을 배우는 걸 보면 정말 그래 보인다. 인간에게는 유물론으로는 설명 안 되는 게 너무나 많다. 인간은 커다란 '사전'을 가지고 태어난다. 맞지? 형편없는 나의 기억력이여!

휴일의 초상

일요일, 자고 깨니 어둑어둑하다. 어제 주말에도 꼭 이맘때쯤에 잠에 들었지. 어제만 같다, 황홀한 어제만 같다. 다시 잠을 자면 어제로 돌아갈 수 있을까? 저녁 먹고 길거리를 걸으니, 사람들이 차례로 시간을 접고 있었다. 나는 막 펼치려던 시간을 호주머니에 감추었다. 이럴 때 왜 부끄러움은 일어나는 것일까? 나와는 상관없이 지구는 돌고 돌고 그랬겠지. 어디쯤 지구는 돌고 있는 걸까?

이럴 땐 나도 사랑하다가 죽고 싶어진다. 아니, 백치환자가 되고 싶어진다. 아니, 평범한 가장이 되고 싶어진다. 에잇, 난 잠이 덜 깬 듯하다. 어쨌든 일요일이 지나면 월요일이다. 수고했다, 지구야. 식지 않은 시간을 배달해줘서 말이야.

뜨락에 내리쬐는 가을 햇살

이 햇살로 들판의 벼와 밤나무와 플라타너스와 은행나무는 열매를 맺는다. 가을 초입, 빌딩 숲 사이로 내려오는 햇살은 우리를 꿈꾸게 한다. 식물들이 잉태하는 동안 우리 인간은 생각을 낳아야 하지 않을까?

저마다의 향기와 색, 맛으로 세기의 가을을 맞이해야 하지 않을까? 생각은 우리 몸보다 더 영원하다. 생각은 기억의 밧줄로 이어져 수천 년을 내려온다. 육체는 하루살이다. 생각은 몸보다 본질적이다. 몸은 가을걷이로 다하는 운명이다.

십년의 하루를 지나온

어느 무용수에게

무대의 막이 내리면, 그것으로 무용수의 생은 끝이다. 그리고 장려한 기억은 날개를 편다. 지금, 우리에게 꿈과 희로애락을 선보였던 어느 한 무용수는 십년이나 밀린 듯한 졸음과 피로에 싸여있을 것이다. 그의 하루하루는 우리의 십년에 맞먹는 시간이었을 테니까. 그러나 한번은 무대를 떠나서, 개인으로 숨을 쉬는 시간을 갖는 것도 좋을 것이다. 무용수의 생은 개인적 자아와 연기적 자아와의 투쟁으로 이루어진다.

추억은 관객의 몫으로 하고, 이제 무용수는 길게 다리 펴 한 세월 잊고 잠에 들어도 좋다. 그에게, 서늘하도록 고요한 시간이 밀려오고 있으므로. 그의 가슴에는 갈대 숲 우거진 해안이 펼쳐져있다.

결코, 여름엔 떠나지 마세요

존 바이즈의 어느 노래 제목이 「결코, 여름에 떠나지 마세요」이다. 그녀는 여름에 말고, 가을에 떠나라고 했지. 뒤돌아보지말고, 넓은 예술의 바다로 떠나라고 했지.

가을 휴학원서

바로 이맘때 나는 까닭 없이 휴학원서를 내고 학교를 떠났다. 그러자 긴긴 휴가가 나의 일상이 되었고, 벗이 되었다. 친구들, 플라타너스 출렁이며 반짝이는 모습을 눈여겨보게. 고즈넉한 아스팔트 길이 펼쳐 있다네.

조용히, 떠나라고 하지 않나?

이름 모르는 이에게

'장마'의 어원은 이렇다. 옛날 한 처녀가 낯모르는 남자에게 시집을 가게 되었다. 마침 비가 내렸는데 당연히 애처로운 처녀는 두려움으로 떨수 밖에. 그런 처녀는 문지방을 붙들고 이렇게 빌었다. "비야 길어라. 길게 내려서 내가 낯선 곳으로 시집가는 시간을 늦추어다오. 비야 오래도록 내려라." 그래서 장마가 태어났단다.

오늘 또 어느 누군가는 시집가는 것처럼, 설레면서, 초조하겠지. 그는 아마 다가오는 미래 때문에 밤잠을 설쳤으리라. 조용히 나는 빈다, 이름 모르는 이를 위해, "길어라 비여"라고.

아 청춘이여, 아름다워라

모른다. 젊었을 때 자신의 황홀한 시간의 소중함을 아무도 모른다. 모른다. 저기 고즈넉이 지는 저녁 붉은 놀이 자신의 생을 노래하고 있다는 것을, 실은 세상의 중심은 자신이며 자신의 호흡으로 아침 이슬이 더욱 빛 발한다는 것을. 커피 비어가는 종이컵에 시선을 잠겨보라. 창가로 날아드는 빗방울에 눈썹을 적셔보라. 쌀쌀한 날씨로 더 뜨거워지는 체온을 느껴보라.

후드득 빗방울 듣는 지하철 입구에 서 보면 안다. 총총히 떠 흐르는 오색찬란한 우산들의 속삭임을, 그 사이에 빙빙 맴도는 정적을, 그 뒤로 흐르는 어제의 발자국을. 서성이며 집으로 돌아오는 늦은 저녁이면 안다. 한강에 철새들이 후르륵 후르륵 날아와 돌고 도는 시간의 아름다움을 노래한다는 것을.

한세월 서성거려 본 사람은 안다. 젊다는 것은 생의 중심이며 물질문명은 대수롭지 않는 것을, 우리에게 영원한 아름다움으로 남겨지는 것은 실은 그리스 신화도 아니고, 천재의 작품도 아니고, 로미오와 줄리엣의 사랑도 아니라는 것을.

아름다움의 본질은 바로 나 자신이며 나의 한줌 시간으로 세상의 아침저녁이 피고 지고, 그 정원에서 청춘의 꽃은 태어난다, 아하하.

비
오
기
전

날이 어둡고 곧 비가 오려는지, 공터는 싸늘하게 축 늘어졌다. 어디선가 내리는 비가 찾아오리라는 예감으로 가득찬 시간이다. 청과물 장수의 확성기 소리, 까르르 터지는 웃음소리, 붕붕 울리는 차 시동 음이 허공에서 메아리친다. 비가 올 것인지, 오늘 내내 내 속에서는 한 개의 갈대가 파르르 떨었다. 보들레르의 「파리의 우울」을 시퍼렇게 펼친다.

섬

—

1

장 그르니에의 「섬」은 우리의 잃어버린 시간을 반추하게 만든다. 우리 고향의 성격과 의미를 되새기게 한다. 그리하여, 우리 삶이 온통 잘못 들어선 길이라는 것을 알려준다.

덧붙여, 내 고향 섬이 이젠 그리스의 어느 이름 없는 섬이라고 넌지시 알려준다.

섬의 파도소리

내가 태어나고 자란 고향은 바다로 둘러싸인 섬이다. 바다에서 젊은 나날을 보낸 사람에게는 그래서 소금기가 아련하게 배어난다. 바다가 한 사람의 내면 가장 깊숙한 곳에 자리를 잡아 출렁이기 때문이다. 바다는 그가 성인이 되어 육지의 흙바람 속에 서걱이게 되는 순간에도 결코 그의 곁을 떠나지 않는다. 바다는 그의 영혼이 되어 펄럭이게 된다.

어느덧 나는 육지에서 서른 중반의 나이를 지나면서 가끔씩 환청을 듣게 된다. 바다로 내려가는 야트막한 언덕의 녹색 슬래브 지붕 밑에서 태어날 적부터 내 귀를 적시던 소리, 그것은 바로 파도 소리이다. 나는 요람에서부터 파도의 자장가를 들으면서 자랐다. 파도의 출렁임은 내가 자라면서 의식하든 의식하지 못하든 항상 내 호흡과 함께 어울렸다. 바다는 실은 내 어머니의 자궁이나 다름없이 나를 재우고 깨우고 달래면서, 나를 키워 주었던 것이다. 내가 태어나던 그 해의 바다 파도 소리가 지금의 내 성격을 만들었다고 해도 지나치지 않을 것이다. 내 피와 살이 된 그, 파도 소리가 되찾아오기 시작한 것이다.

오늘 나는 잠자리에서 일어나면서부터 어떤 개운치 못한 기분을 내내 떨쳐내지 못했다. 환한 창문 너머에서 흘러오는 리어카 행상의 목소리와 까치 울음 그리고 좁은 골목길에서 울리는 발자국 소리가 늘 그렇듯이 내 일상을 정겹게 펼쳐주었다. 하지만 나는 습관대로 라디오를 틀려다가 그만 두고서 잃어버린 그 무엇인가에 대해 골몰했다. 항상 거기에 있어서 습관의 일부가 되어버린 것, 하지만 그래서 무관심해져 쉬 잊어버리고 만 것, 바로 그것에 대해 생각이 미쳤다. 어느 순간부터 나는 적막한 시간을 견디기 힘들어 마구잡이로 라디오 프로를 틀어대곤 했다. 그러면서 그 어떤 상실감을 잊어내려고 했던 것이다. 그런 오늘, 나는 비로소 상실의 호주머니에 손을 넣은 채로 몽상에 빠져들었다. 오래 전에 나에게서 잊혀져버린 것은 바로 파도 소리였다. 가만히 내 호흡에 집중하고 있으려니, 귓가에 희미하게 바다가 철썩이기 시작했다. 그 파도 소리에 따라 내 호흡을 갖다 대니까 차츰 마음이 가라앉는 느낌이었다. 파도는 나를 두둥실 태우고 망망대해로 이끌어가는 것만 같았다.

백조의 호수

역삼동 대로를 달리다 보면 「백조의 호수」 플랜카드가 육교에 걸려 있는 게 보인다. 시를 잃어버린 시대에 우리는 발레를 되찾은 것일까? 대중의 가슴에 바짝 다가선 발레가 이제는 국민예술이 되는 건 아닌지 모르겠다. 시와 발레, 이 둘 중에 하나를 택하라는 요구만한 저주도 없으리라.

하지만 발레리나의 눈짓과 손짓 하나 하나가 이젠 놓치기 아까운 우리의 미학이 되는 듯하다. 대통령과 국회의원과 노동자, 학생, 어린이들이 함께 발레를 감상하게 된다면 얼마나 좋을까? 시를 잃은 대신에 발레를 사랑하는 나라라고 알려져도 좋으리라.

어
제
의
집

내가 아주 어릴 적에 살던 집은 지금, 이 지상에서 사라져버렸다. 그 이층 양옥은 간혹 내 꿈자리에 나타나 나의 잃어버린 유년을 달래주었다. 그런데 오늘 낯선 거리를 걷다가 그 집을 보았다. 고즈넉한 아스팔트 길 언저리에 내 유년의 집은 오롯히 서 있었다. 짙푸른 플라타너스들이 맑은 시냇물 같은 햇살에 출렁이고 있었다. 내가 보았던 것은 내가 아주 어릴 적에 울고 웃던 나의 집이 아니었던가? 때때로 아주 가끔 우리의 어제가 찾아오기도 하는구나. 정겹고 눈물겨운 나의 세월들아! 나는 간다, 고아처럼 굽이굽이 이어진 시간의 고샅길을. 뒤돌아 볼 시간 없이 터벅터벅 간다.

아름다운 나날

지중해가 떠오르는 날이다. 내 머리 속에서는 푸른 하늘과 뭉게구름이 어우러져 있다. 러시아의 대문호 도스토옙스키의 처녀작 「가난한 사람들」을 보고, 당대 최고의 평론가 밸린스키는 이렇게 외쳤다.

"새로운 고골리가 탄생했다."

너무나 감격한 평론가는 새벽에 그 무명작가의 집으로 달려가 그를 깨웠다. 그러곤 말했다.

"도대체 자네가 쓴 게 무언지나 알기나 하나?"

훗날 도스토옙스키는 세기의 명작 「죄와 벌」을 써냈다. 후후, 내가 좋아하는 작가 도스토옙스키의 위 일화는 언제나 이 무명작가에게는 감동이다. 내가 좋아하는 시인 라이너 마리아 릴케의 삶과 죽음처럼. 릴케는 장미 가시에 찔려 죽어버렸다지, 후후. 자, 이 무명작가에게, 아름다운 나날이여, 찾아오라. 내 글의 숨결이 세상을 껴안게 하라.

그리움의 춤

내가 속으로 속으로 그리던 사람은 지금, 쎄에 쎄에 숨소리 내며 잠자고 있을까? 내가 간밤의 꿈 자락에서 만났던 사람은 지금, 아주 추억에 잠겼을까? 아니다, 아니다, 어쩌면 그 사람도 그리움의 촛불 심지를 키우고 있으리라. 그리움 가득한 휘광의 품 안에서 일인 무를 추고 있으리라. 32번의 훼떼를 하고 있으리라. 하얀 원피스 입고 백조를 꿈꾸고 있으리라. 눈부시게 하얀 드레스 입고 하늘로 하늘로 날아오르고 있으리라.

이
사
가
는

날

이사 가는 날은 전생에 아주 가까워지는 느낌이다. 겨울 외
투를 벗어 던지는 기분이 이러할까? 이사 가는 날은 승천하는
날 같다.

카니발의 아침

시간은 흐른다. 흐르면서 내 청춘을 데불고 뒤돌아보지도 않고 간다. 가면서, 봄날도 쌀쌀맞게 나를 버리고 간다. 가면서 내 시간의 항아리를 뒤흔들어놓는다. 버림받은 여자의 노래는 어떤 것일까? 과부의 노래는 또 어떤 열정을 숨기고 있을까?

이, 궁금증을 풀어주는 음악을 듣는다. 「카니발의 아침」, 오늘 오후 골목길에서 너와 동행하련다.

골목길의 어린 공주

　한가한 틈을 이용해 저녁을 들고 인적 없는 골목길을 걸었다. 골목을 들어 가다보니 모자를 쓴 엄마와 흰 코트를 입은 어린 여자아이가 걷고 있었다. 흰 코트라는 게 어린 여자아이의 발목만을 살짝 보일 정도로 커다랗게 여겨졌다. 여자 어린아이가 흰 코트를 입고 엄마 손을 잡고 걸어가다가 뒤를 돌아보았다. 내 눈길과 마주치는데도 요 어린애가 눈길을 피하지 않았다. 내가 하회탈 비슷하게 웃음을 지어 보였다. 그랬더니, 어린 아이가 "아저씨, 껌 조심하세요."라는 것이다. 아이쿠, 하고 나는 걸음을 주춤했고 다행히 손톱만한 껌을 비켜나갈 수 있었다. 흰 코트를 입은 여자아이가 까만 눈동자를 빛내며 웃음을 지었다. 그때 마침, 골목 앞길로 자가용이 들어서기에, 나는 "차 조심해요."라고 말을 해주었다. 곧, 나는 그 일행을 앞서서 걸었다. 무심코 걸어가려는데, 뒤에서 그 여자 아이의 앙징맞은 목소리가 울려 왔다. "아저씨, 우리 집 여기예요."라는 것이다. 나는 이 뜬금없는 말에 엉겁결에 "잘 가요."했더니, 그 어린이의 엄마가 "안녕히 가세요."하라고 했고 그에 따라 아이는 낭랑히 인사를 해주었다.

모르는 사람으로부터의 편지

어느 날, 모르는 사람으로부터 나에게 편지 한 통이 날아왔다 하자. 흰 봉투에 담긴 사연은 전혀 내가 추론할 수 없는 사람의 것. 그로부터 편지는 계속해서 이어져, 봄에서 여름 가을 겨울로 이어진다. 아마, 내가 살아오면서 부대끼었던 숱한 사람들 속에서 그는 갈대처럼 서걱거렸으리라. 그런 가운데 그는 나와 한 순간 눈빛을 주고받기는 했으련만, 곧 나에게서 잊혀버린 것이리라.

모든 잊힌 것은 단 한 통의 회고를 통해 더 강렬한 섬광으로 되살아난다. 그것을 입증이라도 하는지 그 이름 모를 사람으로부터의 편지는, 내가 살아오면서 망각해버린 사연들을 하나하나 펼쳐 보여 왔고, 그로써 나는 먼먼 시간으로 다시 돌아가 버리고 만다. 때로는 단 한 통의 편지가 십 년이라는 시간의 담장으로 인해 단절된 사람을 서로 이어주면서, 과거를 현재화한다.

과거의 첫사랑은 그렇게 다시 현재 속에서 소생하여 걸어온다. 순백의 봉투 속에 구구절절 쓰인 사연들은 온통, 과거에 대한 완강한 집착이며, 그리움이다.

오늘 나는 누군가로부터 그런 편지 한 통을 받고 싶어진다. 고속버스 같은 시간 속에서 놓쳐버린 시골 아늑한 풍경 같은 시절을, 그 향긋한 사랑을 회복하고 싶다. 이름 모를 그 누군가로부터 말이다!

오늘 아침 출근길에 삐걱거리던 빨간색 녹슨 대문

　천천히 만물은 사라져 간다. 아주 조금씩 바람에 날리듯이 사라져간다. 이것을 일러 '닳아간다.'라고 하고, 혹은 '낡아간다.'라고 한다. 소리 없이 내 주변의 모든 것은 닳아가고 낡아간다. 아주 조용하게 사라지는 물건들은 어쩌면 온기 없는 불에 타고 있는지 모른다. 서서히 보이지 않는 불꽃을 내면으로 삼키면서 물질들은 공기 중으로 흩어진다. 우리는 이것에서 '산화한다.'라는 과학적인 진단을 얻는다.

산화에 우리, 인간도 예외는 되지 않을 터, 우리는 불꽃 하나를 가슴에 안고 태어나서 머리 팔 다리로 불길을 옮기며, 서서히 산화한다.

여기에 이르러, 우리는 우리 생명체에 해당하는, '죽는다.'는 말을 직면한다. 하지만 '죽는다.'는 말은 우리 전체 만물의 산화 과정을 거스르는 인상이다. 인간의 죽음은 결코 완전한 단절이 아니라, 그저 공기 중으로 공기와 하나가 되는 절차일 뿐이다. 인간의 죽음은 만물이 서서히 닳아, 낡아 가듯이 그렇게 사라지는 것이다.

오늘 아침 출근길에 삐걱거리던 빨간 색 녹슨 대문이 말해 주는 것도 바로 그랬다. 소멸의 축제에 너도 끼여 있는 것이라고, 소멸은 종말이 아니라 연장이라고, 너는 서서히 바람에 타들어가는 불꽃 한 송이라고, 나직이 일러주었다.

모든 것은 산화하는 불꽃이다.

잃어버린 푸른 노트

내가 아끼던 물건 중의 하나 푸른 노트는, 십여 차례 이사를 하는 동안 어느새 자취를 감추어버렸다. 그 푸른 노트 한 귀퉁이에는 밀크 커피 얼룩이 묻어있고, 첫 장을 펼치면 마른 잉크 향과 함께 퀴퀴한 냄새가 났다. 종이로 된 물건 공통의 체취일까, 그 향은 내 손바닥으로 매만질수록 더 진동했다. 내 얇디얇은 푸른 노트는 순전히 문방구를 지나다가, 그것을 보고 새록새록 가슴에서 감정이 차오르는 바람에 산 것이다.

내 푸른 노트에는 몇 편의 시와 단상, 그리고 어느 겨울 하숙 방에서 홀로 새겨 넣은 일기가 들어 있다. 하지만, 여러 곳으로 이사 다니며 살아가는 동안 내게서 사라져버렸다. 푸른 노트, 오늘은 할 말을 쓸 데가 없어진다. 너의 체취가 내 코끝에 감도는데.

내
마
음
의
연

오늘은 연을 띄운다, 내 창백한 마음의 허공에 가오리연을 띄워 올린다. 지나가 버린 세월의 바람에 내 한숨어린 시절의 기억을 실어 휘이휘이 날려 보낸다. 한 줌의 재로 겨울바람에 떠나보낸 내 누이의 분홍색 스커트도 날려 보낸다. 누이가 즐겨 부르던 풀빛 촉촉한 동요 가락도 다 날려 보낸다.

오늘은 내 생애의 첫날처럼 세상이 환해서, 연을 띄운다. 연의 긴 꼬리가 한삼자락처럼 물결치며 날아오르면서 내 이마의 그늘도 씻어간다. 연은 자지러지듯이 훌훌 날아올라 춤을 춘다. 춤추면서, 빙글빙글 맴돌면서 여름 장마에 휩쓸려 간 내 손가락 같은 소꿉친구 얼굴을 그려준다. 그리면서 연은 빙글빙글 잘도 돈다. 돌면서, 겨울 황사에 숨어 든 해를 끄집어낸다.

오늘 띄워 올리는 연은 홀로 춤추는 발레리나처럼, 애처롭게, 아슬아슬 날아오른다. 날아오르면서, 네덜란드로 떠나는 가녀린 발레리나를 떠 올려준다. 네덜란드의 풍차 바람에 실려 발레리나는 대륙을 지나 저, 미지의 땅으로 날아간다. 날아가면서 발레리나는 한 세월 온통 백치처럼 잊어버릴지 모르고. 연은, 가오리연은 빙그르르 돌아서 주욱 하늘 위로 솟아오른다.

오늘은 내 마음의 연을 띄워 올린다, 내 지나간 시절의 어두컴컴한 골목길의 쓰러지던 젊은 초상을 불태워 올린다. 한 줌의 재로 날아오르면서 함박눈처럼, 축제처럼 노래하다가, 바람에 휩쓸려 내려오면 흐느끼다가, 치솟는 바람에 휘이 휘이 불려나가면 휘파람도 분다. 연을 띄워 올린다, 가오리연을 띄워 올리면서 지나간 시절을 제사 지내고, 네덜란드로 떠나가는 발레리나에게 앞길을 비추어본다. 오늘은 가오리연이 잘도 날아오른다.

시인을 찾아서

어제는 섬진강의 시인, 김용택 선생님을 뵈었다. 선생님은 동네 아저씨처럼 다정다감하게 나를 맞이해 주었다. 선생님 얼굴 가득, 꾸러기 기질이 역력해 보였다. 전주 변두리의 고층 아파트 꼭대기에 자리한 집의 넓은 마루에서 이리 저리 뒹굴고 다니기라도 하는지, 선생님은 방학 내내 학교의 아이들이 그리워 죽겠다고 했다. 커다란 베란다로 비치는 도시의 지붕들을 바라보는 것도 갑갑한 일이라고 했다.

김용택 시인은, 이웃이 자신을 '섬진강 시인 선생님'이라고 긴 호칭으로 부른다 했다. 그런데 시인은 그 호칭 중에 '선생님'이라는 호칭이 제일 마음에 들더라고 했다. 자신에게 시는 삶의 일부이고, 아이들을 가르치는 게 최고라 했다.

선생님은 천주교 성당에 한 보따리 자신의 시집을 들고 가서, 나이 든 노인들에게 한권 두 권 나눠드린다고 했다. 글 읽지 못하고, 시가 뭔지 모르는 노인네들에게 따스한 국수 한 사발 대접 하듯이 드린다 했다.

곧, 2월에 시인은 시집을 출간한다고 했다. 그 어느 때 보다 더 손질을 많이 봤노라 했다. 올 겨울 혼자 눈 덮인 산 속에 가서 라면을 끓여먹었는데, 참 맛있었노라 했다. 시인은 살아 있는 자연의 일부처럼 느껴졌다.

2부

깊은 슬픔의 언어

나 홀로 길을 걷네

누구나 결국 혼자라는 걸 여태껏 우리는 짐짓 모르는 체한다. 하지만 도스토옙스키는 「죄와 벌」에서 사랑만이 세계의 고독을 구원할 수 있음을 보여준다. 우리의 가난한 젊은 영혼, 라스콜리니코프가 천재 병에 걸려 살인을 저질렀을 때, 그가 자신의 죄악을 부인했을 때, 그로 인한 처절한 고독과 좌절에 빠졌을 때, 순수한 처녀 소냐만이 그를 부둥켜안아 주었다. 소녀, 소냐는 창녀이지만 그녀는 타락한 시대의 따스한 등불로 반짝인다.

이 계절은 많은 러시아의 소설을 떠올리게 한다. 체호프, 고골리, 고리키, 그리고 도스토옙스키의 우람한 작품들… 넉넉한 겨울나기 땔감이 되리라. 지붕위로 두텁게 눈이 쌓이는 날 아침, 나는 새로 태어난 것처럼 잠에서 깨어나리라. 그리고 다가오는 첫사랑을 예감하리라.

겨
울
판
화

일본 가요 「바람이 지나가는 길」을 들으며 나는 겨울의 눈부신 풍경을 떠올려본다. 내 어깨 너머로 지나가버린 세월의 향취를 더듬어본다. 코끝에 아직도 남아 맴도는, 내 곁을 떠나간 여자들의 머릿결 냄새도 추억해 본다. 겨울이다. 이제는 정말 막다른 계절, 내 생을 금빛 액자에 넣어 조용한 마루의 벽에 탕탕 망치질 해 걸어 놓아야겠다.

겨울이다. 이제는 사랑할 시간이 많지 않다.

날씨가 기차여행 같다

퀴퀴한 향내 나는 스웨터가 더욱 정겨워지는 날이다. 겨울의 초입 같은 오늘, 종종 걸음으로 직장에 뛰어가는 사람들이 다, 아련하다. 내가 그리워하던 사람은 보이지 않지만, 차장 밖으로 보이는 얼굴 얼굴이 영화 포스터의 슬픈 주인공처럼 애절하다.

오늘은 강릉과 그 낯선 마을의 처마 낮은 슬래브 집이 그립다. 벌써 마음은 십이월의 성탄절까지도 다 불러들인다. 누군가를 홀로 열렬히 그리워하며, 나는, 계절의 기차를 탄다. 정겨운 기적소리 들으며…

흐르는 슬픔

언제나 슬픔은 예기치 않게 찾아온다. 언제나 슬픔은 가을 녘 플라타너스처럼 금빛 물 출렁거리며 온다. 슬픔은 남은 자의 몫이라고 누군가 흐느낀다. 자꾸 뒤돌아 보게 된다. 자꾸 시선이 흐려진다.

체호프와 발레

　　며칠 전 난 누군가의 부름에 끌려 국립극장에 갔다. 강남에서 남산을 지나 동대문으로 가는 버스에 실린 채, 국립극장의 고색창연함에 대해 남모르게 흠모하고 있었다. 국립극장은 우리들의 잃어버린 시절의 한 모퉁이에 오롯이 서 있는 이정표 같았다. 마지막으로 우리 졸업 앨범 사진에 오롯한 배경으로 새겨질 듯한 것이 꼭 국립극장 같았다.

며칠 동안 몸살을 앓으면서 꿈 자락에 뒤채는 동안 난 아주 오래 전 학예회의 시절로 돌아가고 있었다. 노래와 춤, 연극, 그리고 친구들… 한 시절은 이렇게 지나고 나니 황금빛을 발하는 것이었다.

그 말할 수 없는 감정에 이끌려, 나는 체호프의 「세 자매」를 보았고, 그 후 어느 주말엔가는 「백조의 호수」 한 토막을 보았다.

「세 자매」는 두 시간여 동안 나를 졸게 하면서도 하나의 결론을 제시해주었다. 「세 자매」는 화창했던 시절의 몰락을 우리에게 일러주는 것이었다. 지난날은 다 화창하고, 세월의 바람에 밟히면서 퇴락해져간다. 그러면서 우리는 쓸데없는 회한과 한 줌의 눈물만 키울 뿐이다. 예술은 화창함과 퇴락함을 통해 우리 인생의 우여곡절을 다 드러낸다.

「백조의 호수」 한 토막은 내게 김지영의 발레를 보는 행운을 주었다. 난, 의도적으로 그 발레리나를 피해왔는지도 모른다. 어쨌든 난, 꿈결처럼 흐르는 김지영의 발레를 보면서 몇 번씩이나 호흡을 그치고 그치고 했다. 그녀의 손사위에서는 조금의 의식이나, 기교가 묻어나지 않았다. 깃털처럼 훨훨 나는 그녀의 손 사위에서 난, 자꾸 호흡이 끊겨지는 줄로만 알았다.

모든 예술은 잃어버린 시절을 거울처럼 보여준다. 내가 어느 길모퉁이에서 서성거리는지를 비추어준다.

섬

–

2

나에게는 남쪽 바다에 두고 온 추억이 있다. 두고 왔으니 이제 내게 남아있지는 않지만 그래도 그것은 마치 내게 간직된 듯한 느낌이다. 정들면 들수록 과거는 현재로 남는 것일까?

내게서 남쪽 바다와 그리로 흩어져 있는 섬들은 몽상의 수채화다. 그 바다와 섬으로 티 없이 맑고 투명한 하늘은 지중해의 아우라를 드리운다. 여기에서 수 천년 된 신화가 오롯이 샘솟는 것은 너무나 마땅하다.

신화와 전설이 뭉게구름처럼 어우러져 있는 내 고향 제주는 지금 물장구치는 어린이의 마음으로 돌아가고 있다. 투명함과 푸르름, 이 두 가지를 동시에 갖출 수 있는 게 바로 제주 바다의 빛깔이다. 그 빛깔 속에서 사람들은 망연해진다. 여름 태양 아래 빛 발하는 바다는 사람들을 몽상에 젖어들게 한다. 섬사람들은 저 세상의 식구라 해도 무방해지는 것이 바로 이 때문이다.

비 오는 날에는 바흐를 듣는다

첼로의 선율처럼 주르륵 주르륵 내리는 비가 여름을 적신다. 내가 그리워하는 이도 지금은 이마의 땀을 훔치며 긴 숨을 내쉬겠지. 내가 그리워하는 이는 몸에서 솟구치는 열망을 몸으로 한 가닥 한 가닥 풀어내는 사람이다. 그런 사람을 춤꾼이라고 한다지.

춤, 이것은 언어 이전 육체 이전으로 돌아가는 신성한 의식이다. 이 의식을 통해서 인간은 다시 태어난다. 태어나는 과정에서 인간은 열반에 도달한다!

내가 그리워하는 이여! 오늘은 몸으로 하는 춤이 아니라 영혼으로 추는 춤을 추시게. 가슴 속에 엉켜 있는 한을 훨훨 풀어내 보시게. 단 한 번 새털처럼 하늘을 둥둥 떠 다녀 보시게.

바흐의 선율을 몸으로 삼켜서, 천천히 오른 팔, 왼 팔, 원을 그리며 나아가게. 너무 빠르지도 않고 늦지도 않게 다소곳이 걸음을 놓으시게. 한번, 바람처럼 바람과 함께 되어 보는 순간을 가져보시게.

여름은 흐른다

일본의 마루야마 겐지의 처녀작 제목은 「여름은 흐른다」이다. 그는 생전 소설이라고는 「백경」딱 한 권밖에 안 읽었노라 했다. 그런 그가 처녀작으로 일본 최고의 아쿠다와 상을 받았단다.

세상에나, 그는 천재였을까? 아니면 뭐란 말인가? 사실대로 말하면 그는 불량학생이었다. 일본의 실업계 고교를 다니며 싸움질을 하던 자였다. 그런 그가, 일본의 유명한 작가가 되었다.

아니, 중요한 것은 무슨 상을 탔느냐 안탔느냐가 아니다. 그가 쓴 처녀작 「여름은 흐른다」에 그 가치가 놓여 있다. 내용은 이렇다. 장소는 교도소이며, 뜨거운 여름 날 한 교도관이 사형수를 데리고 사형 집행을 하는 이야기다. 이 과정에 교도관의 단란한 가족의 일상이 태연하게 그려진다. 그리고 결국, 아주 담담해 하던 사형수는 마지막 순간에 처절하게 발악을 하다가 죽는다!

이렇게 우리 인생의 여름도 흐르는 것일까? 친구여!

그리움의 오후

　인생의 절반은 그리움으로 범벅이 된다. 아니, 거의 전 인생을 그리움으로 채우는 경우가 있다. 그리움은 실재의 반대이거나 현재 삶과는 별개의 실체가 아니다. 현존하는 모든 것은 그리움의 자식이다. 그리움은 가상이지만 현실과 떼려야 뗄 수 없게 뒤엉켜있다. 때문에 우리는 종종 사랑에 빠질 때, 온몸 달아오르는 사랑에 빠질 때, "그가 그리워"라고 말하고는 한다. '그립다'는 것은 '사랑한다'이다.

사랑하면 그리워진다. 그의 숨결, 발자국, 체취가. 생생한 사랑의 체험은 우리에게 그리움을 덤으로 가르쳐준다. 우리는 사랑과 그리움에 있어서는 언제까지나 지진아일 뿐이다.

사랑한다는 것은 그리워한다는 것이다. 타자와의 완전한 합일에 이를 수없는 인간은 그리워하다가 그리움으로 생을 소진한다. 이렇게 말하면 무슨 낭만주의냐고 할지 모르겠지만, 글쎄, 보자. 사이버 세상은 우리에게 자명하게도 '그리움의 전염병'을 전파시키지 않는가? 지금 우리는 그리움에 중독되었고, 시대는 그리움의 페스트로 완전히 함락 당했다. 이게 과장일까?

무엇보다 우리 삶은 완전히 만질 수없는 것이다. 만졌다고 느끼는 순간 우리는 착각에 빠지는 것이다. 누가 언제 한번 푸른 하늘을, 구름 한 점 없는 푸른 하늘을 보았다 했는가?

그리움으로 차오르는 오후다. 네 잔 째 커피를 마시고 있으려니 수도하는 승이 된 기분이다. 졸음을 쫓아내고 난, 도를 깨우치려고 한다. 언제까지나 그리움의 손수건을 나풀거릴 수만은 없지 않은가?

그리움의 시간, 얼굴 흰 소녀는 지금은 어디쯤 가고 있을까?

섬을 추억함

－ 춤과 더불어

지금, 내 고향 섬은 작열하는 태양으로 몸을 뒤척이고 있으리라. 코발트 빛 바다로 내려가는 야트막한 언덕에는 딱지처럼 녹색, 파랑색, 주홍색 슬래브 지붕이 다닥다닥 달라붙어 있다. 해변을 따라서 말끔하게 포장된 아스팔트 도로는 시원하게 파도친다. 간간이 머리 위로는 비행기들이 지나가고, 가까운 수평선에서는 외국 선박이 잠깐 머무르다가 쉬이 사라지고 만다. 퇴락한 어부 촌의 한 구멍가게에서는 쉼 없이 최백호의 노래가 흘러나온다.

니코스 카잔차키스를 아시는가? 「희랍인 조르바」를 아시는가? 앤소니 퀸이 열연했던 여러 영화 중에 「길」이 있고, 그 곁에 있는 게 바로 「희랍인 조르바」이다. 「길」이 우리에게 천진난만한 젤소미나의 미소를 남겨주었다면, 「희랍인 조르바」는 우리에게 열정적인 알렉시스 조르바의 희랍 춤을 남겼다.

그 오래전부터 유전되어 오는 인류의 춤을 우리는 바로, 앤소니 퀸을 통해서 확인할 수 있다. 이제 그 춤을 나는 내 고향 섬에서 추억해보련다. 정신 나간 과부가 검은 드레스를 입은 채로 아스팔트 사거리에서 춤을 풀어낸다. 바다는 끊임없이 수 억만년전부터 그렇듯이 잠잠히 파도를 뱉어내고. 인간이 품어 온 한맺힘을, 생명 다해 풀어낸 과부는 그리하여 작열하는 태양 아래 쓰러지고 만다. 우리에게 한 순간의 불꽃같은 춤을 선사하고 그녀의 숨결은 잦아든다.

지나가는 슬픔

토요일 오후, 내 마음은 마치 공항 대기실 의자에 앉아있는 것 같다. 다들 두툼한 가방 한 개씩을 들고 어디론가 떠나려 한다. 떠나려고 하는 곳은 부산스럽지만 잔잔하게 흥분이 출렁거린다.

이런 날은 그리스의 어느 해변 도시로 떠나고 싶어진다. 혹은 프랑스 번화가의 한 카페에서 차 한 잔을 하고 싶어진다. 아니면 일본의 나지막한 식당에 들어가 우동 한 그릇을 먹고 싶어진다. 하지만 그 모든 일은 내 몽상에서 허락되는 것이므로, 오늘 주말 오후 나는 침묵의 수도사들과 함께 한 세월 지나가는 것을 구경하리라. 지나가는 슬픔의 발자국 소리를 들으리라.

낮게 내려온
먹구름과 커피 한 잔

자, 이젠, 먹빛 구름이 내 눈썹에 닿을 듯이 내려왔다. 그리고 내 머리 속에는 어제 술자리의 잡담들이 다 지워지지 않았다. 어제는 오늘이 되도록 나에게서 다 새어나가지 않고, 무슨 미련이 남았던지, 나를 질척거리게 한다.

내 기억 속에 구름이 낮게 내려오던 곳은 남해 섬의 산 봉오리이다. 오종종하게 무덤들이 줄지어 누워있는 산등성이로 남해에서 북상하는 장마는 기다란 먹구름을 데리고 온다. 먹구름 속에는 온갖 흐느낌과 회한 그리고 슬픔이 담겨져 있어서, 그것에 오래 길들여지는 것은 별로 좋은 일이 못된다.

먹구름은 나이 많은 할머니처럼, 중얼 중얼 거리면서 다가와서는 저, 하늘의 창턱에 시선을 보낸다. 이 먹구름 속에 담긴 세월의 향내를 맡아내기란 쉬운 일이 아니어서, 그러기 위해선 먹구름과 함께 먹구름처럼 온통 우울해지는 수밖에 없다.

그리하여, 우울의 정원이 오늘 마련된다. 그리고 나는, 미지의 모든 나는, 그곳에 피어나는 꽃에 이름을 지어주면 좋을 것이다. 쓴 커피를 마시면서, 커피 흰 김이 코 끝을 간질이는 것을 즐기면서, 다가오는 시간의 발자국을 가만히 음미해 보면 어떨까?

베를린 천사의 시

나는 이 영화를 아주 오래 전에 보아서 잘 기억이 나지 않는다. 하지만 그 어두칙칙한 흑백의 세기말적인, 그리고 그로테스크한 분위기는 아직도 생생하게 느끼고 있다.

본래 천사에게 이 세상은 흑백이다. 누가, 내 단언에 돌을 던질 것인가? 그래서 오색찬란한 빛깔에 익숙한 우리 생은 착각에 빠졌다. 내가 보고 느끼는 것이 전부야, 오 바로 이게 진실이야 한다. 하지만 천사의 눈에 우리는 하나의 흑백 사진일 뿐이다.

그런데도, 우리는 「베를린 천사의 시」를 통해서 추락한 천사의 모습을 흑백 톤으로 보았다. 우리 이성의 자만심은 천사를 끊임없이 추락하게 하고 타락하게 한다. 오늘처럼 장마가 매연 가득한 서울 하늘 위에 뒤덮고 있으면, 난, '베를린 천사'가 떠오른다. 그는 왜, 무엇 때문에 구원에서 배제되었는가? 그가 읊조리는 시를 가만히 귀 기울여 들어보련다.

장마 속에 환한 우산 한 개 들고

오는 님을 그리며,

긴 동굴에 갇힌 듯한 장마가 시작되면서 내 마음은 부스럭 거리기 시작한다. 실은 어느새 낯익어버린 내 마을과 식당 그리고 공원이 이젠 지겨워질 듯도 했다. 떠나야 할 때 떠날 수 있는 사람의 뒷모습은 남겨진 자들의 그리움의 푯대가 된다.

이상하게도 이번 장마는 아주 오래 전 내 친구 두 명의 소중한 목숨을 앗아갔던 10여 년 전의 그 눅눅한 비 냄새를 떠올리게 하는구나. 비가 오면서 내 마음은 처마 밑에서 재잘거리는 어린 참새 모양이 되고 마는구나. 낯선 곳에 태어나서 곧 머나먼 미지의 땅으로 훨훨 날아가야 하는 철새들의 운명이 오늘은 나를 빼닮았다.

비가 추적거리기 시작하면서, 나는 길고 긴 장편소설을 읽으면서 한동안 백치 환자처럼 지내고 싶어진다. 도대체, 생각할 거리는 너무 많고 내 몸은 무거우니 어쩌란 말인가? 긴 여행에서 돌아온 장마여, 날 좀 고이 방바닥 한 구석에 처 박아 두려무나.

자장면을 먹는 오후

어제의 피로가 다 가시지 못한 탓인지 쉽게 이불을 털고 나올 수 없었다. 밖은 오전에서 막 오후로 지나가는 시간이었다. 이 시각에 자주 찾아가던 식당들도 오늘은 문을 닫아버렸다. 내 옷을 수선하기 위해 맡겨둔 세탁소도 마찬가지, 오늘은 다들 약속이라도 하듯 휴식을 하고 있다. 나 홀로, 시간의 미아처럼 아스팔트를 따라 가서 한 번도 가보지 않았던 자장면 집에 들어갔다.

환갑 지난 두 노부부가 냉면을 시켜 들고 있었다. 바래고 바랜 흰 무명옷을 입은 노부부가 아마, 마지막으로 식사를 하는 것인가? 나는 스포츠신문을 찾아 펼쳐, 스타사진을 찾아보았다. 이런 날은 비키니 차림의 여자가 나온들 무슨 소용이란 말인가?

자장면 집 주방에서는 쉼 없이 주문된 음식이 차려 나왔다. 그 옆으로 난 통로에서는 녹색 담쟁이덩굴이 보였다. 세 명이나 되는 배달원이 철가방을 들고 오고갔다. 오늘따라 철가방에 쓰인 그, 붉은 한자가 낯설게 느껴졌다. 붉은 색으로 된 '비룡반점'이라는 글자가 나를 한없는 미궁으로 떨어뜨렸다.

갑자기, 이 세상으로부터 내가 따로 떨어져있다는 느낌에 사로잡혔다. 내 고향, 섬처럼 나는 육지로부터 멀리 떠 있다는 기분이 들었다. 나는 넓적한 그릇에 담긴 자장면을 허기진 배에 채워 넣었다. 진열대에 놓인 고량주 맛은 어떠한 것일까?

오후로 가는 시간에 나는 아스라이 걸려서, 바람에 나풀나풀 거리고 싶었다. 빨랫줄에 걸린 눈부시게 하얀 빨래들처럼.

침묵하는 골목

내가 자주 거닐던 골목에는 지금 푸른 벚나무 잎사귀들이 반짝이고 있다. 오래된 성당이 골목을 옆구리에 차고 있으며, 그 성당 안에는 유난히 강렬한 햇살이 내려오는 테니스장이 있다. 그곳으로부터 난 단 한 번도 경쾌하게 튕기는 테니스공 소리를 들은 적이 없다. 그 정적에 휩싸인 골목을 한참 걷고 나면 머리가 맑게 개는 느낌이 들었다.

이제, 이 골목은 기억의 앨범에 흑백 사진 한 장으로 끼워진다. 나는 이사를 간다.

저기 저기, 춤추는 계절

오늘은 이사를 했다. 강남에서 강북으로 오는 도중 짙푸른 가로수들이 합창하면서 이삿짐 트럭을 맞이해 주었다. 트럭은 청담대교 위를 지나면서 막 하늘로 날아오르는 듯했다. 잔잔한 한강의 물살을 내려다보면서, 나는 어제를 생각했다.

어제처럼 답답하고 막막하고 대책 없는 문제가 또 있을까? 그저, 어제란 오늘을 온전히 살지 못한 사람들의 몽상의 거울이겠지. 어제란 나를, 나의 존재를 미아로 던져놓는 우주의 손길일 테지.

이삿짐 트럭은 달리고 달려서 예술의전당 부근에서 멈추었다. 이삿짐을 싸면서 부러진 옷걸이의 나무토막 한 개가 막 떠올랐다. 한 일 년 간 내 외투를 걸쳐주던 그 기다란 옷걸이는 상처를 입었다. 옷걸이의 상처야말로 내게서 스쳐지나간 어제의 흔적일까?

이사를 자주하면 상처가 많은 법이다. 그런데도 우리 생은 끊임없이 이사를 한다. 어제에서 오늘로, 오늘에서 내일로, 음지에서 양지로. 그러나 오늘 부러진 옷걸이의 나무토막은 누가 보상할 것인가?

라이너 마리아 릴케를 추모함

세기의 시인, 라이너 마리아 릴케는 장미 가시에 찔려, 저 세상으로 떠나 버렸다. 그는 생전에 장미를 노래하는 시인이었다. 그는 당대 최고의 미녀 루 살로메와 사랑을 속삭였다. 루 살로메는 세기의 철인, 니체가 사랑하던 여자였다.

릴케는 죽기 전 유럽의 성들을 여행했다. 그의 죽음을 불러들였던 장미는 고풍스런 성의 정원에 피었으리라.

오늘 아침은 릴케가 맞이한 그날의 아침과 닮았다. 모든 것이 가라앉고, 꿈꾸고, 길게 숨을 내쉬고 있다. 담장을 타고 서서히 붉은 장미는 피어나리라. 릴케가 느꼈던, 마지막 그날 아침의 눈부신 세상을 다시 되새기고 싶다.

붉은 장미 한 송이를, 그의 비석에 드리고 싶다.

비와 꿈과
내 작은 고양이 물루

오늘 새벽은 예기치 않은 비로 뒤척이며 뒤척이며 몸살에 떨어야했다. 몇 번씩이나 일어나 여름 마당으로 빠끔히 열어 둔 창문을 닫고는 했다. 비는 계속해서 내렸다. 한반도를 지나갔다는 장마가 무슨 미련이 남아 다시 찾아 온 것인지, 나는 새벽 찬바람으로 내내 떨어야만했다.

비가 내리면서, 나는 너무나 생생한 꿈결에 빠져들었다. 꿈에도 그리던 대학자가 나타나서는 도서관에서 함께 책을 보는 게 아닌가! 그 문학평론가는 자리에 앉아서는 학생처럼 숨소리도 내지 않고 책을 보는 것이었다. 나는 그에게로 가서 그의 저서 가운데 한권을 건네주었다. 그러곤 나는 잠에 빠져들었다. 이번에는 내 형과 동생이 나왔다. 배고픈 다리에선가, 불어나는 물로 동생이 쓸려 가버리는 것이었다. 형과 나는 살아서 그 장면을 너무나 쓰리게 보고 있었다.

계속해서 자고 나서는, 라디오를 틀었다. 해금과 가야금 소리가 나오니 긴 한숨이 터져 나왔다. 그 다음에는 백건우의 피아노 선율이 흘렀다. 그러던 어느 순간 나는 자리를 박차고 일어났다.

어제 저녁 요 작은 고양이 한 마리가 생각났기 때문이었다. 아침저녁으로 붉은 벽돌 빌라를 맴돌며, 아기 같은 울음을 울던 고양이 새끼가 걱정된 것이다. 실은 빵과 우유를 들고 내 방으로 들어설 때마다, 요 작은 고양이는 구석 쓰레기봉투를 뜯는 것이었다. 어미는 어디로 가버린 것인지, 요 작은 고양이는 천진스레 눈망울을 굴리며 에~에~ 울면서 주변을 맴돌았다.

언젠가 고양이에게 빵부스러기라도 줘야겠다 했는데, 마침 어제 저녁 캄캄한 운동장을 달리고 오는 길에 먹다 남은 우유를 고양이에게 주었다. 그때도 작은 고양이, 물루는 쓰레기 더미를 뒤지다가 먼 발자국 소리에 놀라 달아나고 있었다. 하지만 녀석의 걸음은 '달아난다'보다는 '유인한다'고 해야 맞을 정도로 너무나 가까운 곳을 벗어나지 못했다. 고양이, 물루는 에~ 에~ 여자 아기처럼 울음을 터뜨리면서 도망가지 않았다. 내가 허리를 구부리고 앉아 녀석에게 몇 살인지를 물어보고 싶었다. 요 작은 고양이는 에~에~ 울면서 서성거리더니 화단 너머로 사라져버렸다. 나는 먹다남은 우유 봉지를 자르고 녀석이 잘 다니는 길목에 넣어두었다.

오늘 아침 우유 봉지에는 투명한 물이 고여 있었다. 녀석은 대체 어디서 빗줄기를 피하고 있을까?

정말이지 못 견디는 것은

정말이지 못 견디는 것은, 밝은 세계로부터 소외 때문만은 아니다. 그렇다고 철저히 어둠 속 시궁창에 속박되어서 광명의 휘황찬란함을 망각해 버려서만은 아니다. 정말 못 견디는 것은 오히려 밝음과 어두움의 경계에서, 그 양 극단 어디로도 정착하지 못한 채 어질어질 산만하고 또 시간의 사닥다리를 타는 듯 위태위태하며 애간장이 새까맣게 타버리는 듯하면서, 홀랑 내의마저 다 벗고 길바닥에 나앉아 있는 심경 때문이다. 견디어내는 시간, 빈 방 겨울 객지 이런 것들로 에워싸인 채 숨 제대로 못 쉬면서 손바닥 만한 불씨를, 들짐승처럼 어루만지며 품고 있어야한다. 난로도 화로도 아닌 그렇다고 촛불 정도로 약소하지 않은 이것은 그저 그만한 크기를 이루면서 그러니까 꼭 가슴에 안길 정도로만 불타오른다. 이것은 아 누구나가 그랬듯이 나 또한, 그저 통속적인 말로밖에 지칭할 수 없으므로 이제 이것의 이름을 안타깝게 토로해야겠다. '사랑'말이다.

사람은 꿈꾸는 동물이다

    정작 두려운 것은, 사랑의 실체가 아니라 사랑의 꿈 사랑의 환상이 사라져버릴 거라는 예감 때문이다. 사랑하는 것, 사랑의 행위야 언제 어디서고 어떤 식으로든지 반복되어 찾아온다. 하지만 가슴 고이 간직해 두었던 사랑에 대한 청초한 감정이란 복사판을 허락하지 않아서, 우리는 그 풀리지 않는 이슬 머금은 안개 너머에 대한 그리움과 안타까움과 긴긴 한숨 속에 삶을 건뎌야한다. 지겨운 생 속에서, 마분지 위에 아무렇게나 갈겨놓은 글자처럼 우리의 삶이 그렇게 시들시들 퇴색해가고 있지만 우리는 그러한 흐름을 거역할, 반항할 아무런 시도도 해보지 못한다. 그러한 잠시, 우리는 도도한 운명의 흐름에 우리는 멍에 채워졌어, 우리는 멀리멀리 사라져가는 희미한 돛단배의 등불에 지나지 않아, 우리는 우리의 의지와는 상관없이 흘러들어와서는 다시 망망대해로 흘러가버리면 그만인 존재야 라고 푸념하곤 한다.

사람은 꿈꾸는 동물이다. 꿈이 없으면, 단 한 시간도 견디기 힘들 정도의 적막과 회한에 사로잡히고 마는 서러운 존재다. 그런 존재성의 한 가닥을 끄집어 올려, 우리는 과거와 미래에 대한 흐릿한 실루엣을 치장해놓은 다음에라야 우리는 안심할 수 있다. 비로소 초라한 삶의 현장에 보다 윤택한 의미를 부여해놓고, 우리는 잠시 삶으로부터의 소환을 연기할 수 있다.

사랑은 꿈, 환상 만들기의 능숙한 '기술'을 요구한다. 사랑의 태반은 환상으로 이루어져 있으며, 그 나머지란 빈껍데기에 불과하니 말이다. 대부분 사랑의 환희에 젖어들지 못하는 부류들은, 꿈꾸기에 서툴거나 그것에 실패한 것이다. 설사, 현재 자기의 운명 앞에 가로놓인 여자가 예전의 여자와 선망하는 여자에 비해 덜 하다고 판단되더라도, 현재 자신에게 주어진 여자의 아름다움이 떨어지는 것은 아니다. 현재의 행복과 아름다움, 미적인 현재성은 그 어떤 기준으로부터도 도전받지 않는, 자립적이며 절대인 것이다. 사랑을 꿈꾸기에 충실하지 못한 데에, 그 숱한 청춘남녀들의 실패한 사랑과 미적지근한 사랑의 원인이 다 들어있다. 사랑하는 여자에 대한 꿈꾸기가 고전적인 사랑의 계율처럼 들릴지 모르겠으나, 그것은 전 인생을 걸만한 선택의 문제다.

사람은 사랑을 꿈꾸는 존재이지, 사랑을 실재에서 구현해가는 존재가 아니다. 사랑은 꿈속에서 현실세계로 오면 사라질 운명인 것이다. 그렇다고 사랑의 이상주의를, 비현실적인 사랑을 말하는 것은 아니다. 그냥 사랑에 대한 바람이 섞인 하나의 의견을 빚어보는 것이다. 그럼으로써, 일회용품처럼 내동댕이쳐지는 요즘 세태의 사랑에 대하여, 너무 많이 소모적으로 배설되는 사랑의 감정에 대하여 잊히지 않는 시골 간이역의 들꽃 같은 사랑의 이정표를 세우려는 것이다.

어린 창녀처럼 울다

어젯밤에는 베개를 끌어안고 울었다. 어린 창녀처럼 서럽게 울었다. 막장 같은 세월의 벽에다 머리를 처박고 울었다. 울다가 서러워서 또 울었다. 울다가 울다가 날이 다 새었다.

버림받았다는 것은

버림받았다는 순간이 있다. 나 바로 나의 지위가, 이 사회에서 자리 잡던 아늑한 정체성이 일시에 허물어졌다고 하는 순간이 있다. 어찌하여 그 견디기 어려운 불행이 하필이면 나에게, 지금 나에게 닥쳐오는가? 산적한 과제들, 부풀어 오른 눈망울, 미래의 아침으로 차오르는 가슴 이것들 앞에서 어찌하여 나

를 땅바닥에 처박고 과거로 화석의 시간 속으로 내모는가? 나
는 이제 이곳에서 두발로 서있을 수 없다. 나는 이제 이곳에서
누구하나 나에게 말을 걸어오는 오후 따사로운 거리를 만날 수
없다. 나는 이제 차가운 벽들로 둘러쳐진 거리에서 쫓겨나고
만다.

　버림받았다는 것, 그것은 긴 시간 속에서 비로소 홀로 태어
나라고 선언하는 것이다. 이제 나는, 나를 규제하던 집단과 한
때는 안락하기도 했으며 때론 지옥 같이 뜨거웠던 공간에서 떠
나는 것이다. 버림받았다는 것은, 나 홀로 내 빈껍데기의 몸뚱
아리를 만지며 그리워하며 한탄하며 흐느끼는 모든 감정의 폭
풍우 속에 내던져지는 것에 다름 아니다.

가을로 계절이 바뀌면서

계절이 바뀌면서, 몸도 따라 바뀌어버린 걸까? 아니면 다해 가는 열정이 이젠 정말 처참한 몰골의 바닥을 드러내고만 것인가? 열정의 여름은 종말을 고했는가? 가을의 여명이 보이지 않는 계절, 무서운 것은 나 자신에게 있다. 정작 무서운 것은, 나에 대한 나 자신의 배신이다. 하나의 말이 두 개의 의미를 보태면서, 나의 굳은 결의를 흐지부지하게 하고 무효화해 버리는 것이다.

공허
허

공허(空虛), 푸르른 하늘에서 내려오는 빛 그것이 거느리고 오는 바람 그리고 적요 이것들이 말하는 것은 텅 비어서 아무 것도 없음이다. 공허를 건너는 동안, 생은 철학으로 미학으로 예술로 문학으로 단련된다.

토요일 오후 자장면 집에서

점심시간을 지난 토요일 오후, 자주 가는 자장면 집에서다. 싸구려 자장면 배달을 놓고, 주인집 아들과 주인아주머니는 산울림 소극장의 철로를 건너서는 너무 멀다, 괜찮다며 입씨름했다. 아주머니는, 세워 놓기만 한 아들의 오토바이나 떨어지는 매상을 걱정했을 테지만 그런 것에 개의치 않은 아들은 내내 시선을 TV에 두고만 있었다. TV에서는 멕시코 출신의 노장 차베스와 미국의 신예 복서 호야가 격돌하고 있었다. 은퇴를 고

려하는 늙은 복서는 젊은 친구의 연이은 타격에 마침내 TKO
패를 당하고 말았다. 현관 열린 유리창으로, 건너편 동사무소
의 자그만 화단이 눈에 들어왔다. 파란 대추를 쪼글쪼글 붉게
물들이는 가을의 그 햇살이 눈부시게 아스팔트 위로 쏟아지
고 있었다. 그런 햇살에는 여물어가는 생명도 있으며, 사위어
가는 생명도 있을 것이다. 흰색 페인트를 뒤집어쓴, 동사무소
는 토요일 오후 정신박약자처럼 흑갈색 스테인레스 철창을 삐
쭉 세우며 드러누워 있었다. 철창 아래, 길쭉한 화단 안에는 배
춧잎처럼 두툼하고 넓고, 좀더 짙은 녹색을 곁들인 화초가 햇
볕을 쬐고 있었다. 그 화초에서 나오는 꽃의 색상은, 아마도 여
러 번 잡종 교배 끝에 나와서 지나치게 원색적으로 보였고, 그
래서 너무 향기가 독할 것만 같았다. 나는 쫄깃한 면을 잘게 씹
으면서, 한눈으로는 이제 곧 은퇴를 선언할 노장의 눈빛을 살펴
보았고 한눈으로는 부릉부릉 오토바이 시동을 걸며 배달 나가
는 자장면 집 아들의 회심어린 미소를 바라보았다. 노장 멕시
코 복서는 가볍게 미국의 신예복서의 가슴을 쳐주고는 승리를
인정해주었다. 그날따라 나는 앓아야했다. 다음날 일요일도 종
일 나는 담요 위에서 일어날 수 없었다. 월요일 새벽에는 엄청
나게 비가 쏟아졌다.

여자에게는 수만 개의 거울이 …

　　여자는 수 만개의 거울을 지니고 산다. 여자는 수만 개의 시선을 가지고 일생을 살면서 사랑을 한다. 남자는 단 한 개의 거울을, 그것도 여자를 위해서 단 한번 들여다본다. 여자는 자가용의 백미러를, 거리의 유리창을 모조리 자신의 화장대 거울처럼 만든다. 심지어 남자의 눈망울 속에 맺힌 자신의 얼굴을 보고서 화장을 고치려는 마음을 품는다. 여자에게는, 유감스럽게도 거울 밖으로 단 한 발짝도 나가려는 의지가 없는데 왜냐하면 오래도록 남자의 손아귀에서 그렇게 하는 것은 수치스럽고 여성적이지 못하다고 길들여져 왔기 때문이다. 남자들에 의해 여자들은 거울이라는 창에 감금되어 있는 것이다. 여자들에게 지금은 버려야 될 거울과 간직해야할 거울을 가려내야할 시점이다.

여의도 광장에서

자전거를 타면서

지금은 사라진 곳, 여의도 광장에 자전거를 타러 간 적 있었다. 탁 트인 아스팔트 끝자락에선가 서넛 사내가 휘이휘이 손짓을 하는 걸 보았다. 난생 처음 보는 이국적인 풍경이었다. 저 멀리에서, 나의 존재의 근원을 일깨우려는 듯, 나의 유년에서 나를 부르는 고향의 깃발인 듯, 펄럭이던 그 하이얗게 표백된 빨래 같은 손목들이 흔들려 왔다. 곧 날아올라가 버릴 것 같은 그 손목 한 포기에 눈빛을 걸어놓고, 자박자박 나는 걸어갔다. 둥근 은빛 바퀴에 들꽃처럼 녹이 박힌 자전거 한 대를 빼서, 몸을 실었다. 간단히 계산을 하고, 정해진 시간 동안 나는 바람의 품에 안겨들었다. 바람을 타면서, 부유하며 점점 사라지는 나를 에워싼 풍경의 발자국 손짓 한탄 들을 가만히 추억해보았다. 나는 바람의 다리를 건너, 바람의 터널을 지나, 마악 바람의 고향에 다다르는 상상을 했다. 훨훨 날으면서.

불꽃이 다 사그라졌다고 생각하자

파리한 불꽃마저 툭툭 밟아 꺼뜨려버린 잿더미를 상기하자. 활활 타오르던 정염과 열정의 용광로가 식어버려서 고철 덩어리로 변했다고 생각하자. 머릿속 벽화에 그렸던 천지창조의 여명이 다 사그라졌다고 생각하자.

바람을 가르던 여자 스프린터 플로렌스 그리피스 조이너

바람을 가르던 여자 스프린터, 플로렌스 그리피스 조이너[*]
가 심장 발작으로 세상을 떠났다. 그녀가 접어 올려 후우 허공
에 뿌려낸 38세의 나이란, 우리에게 그녀의 죽음을 애도하기보
다는 억울하게 만드는 바가 있다. 그 억울한 심정과 맞물려, 바

람처럼 사라져간 짧은 생애 동안 화려한 단청처럼 매니큐어 칠된 그녀의 긴 손가락이 떠오른다. 그녀의 길고 가느다란 손가락에서 불꽃이 자라나서, 독한 술 같은 색상이 피어났으리라. 그녀는 회오리치는 바람의 갈대숲을 헤쳐 달리는 동안, 아득하게 명멸하는 불꽃을 보았으리라. 거세게 제 육체의 근육을 옥죄어오며, 오라고 오리고 어서 오라고 손짓하는 부름의 종소리를 들었으리라. 생의 한복판을 가로질러 달려가던 스프린터, 강렬한 생의 느낌을 한 몸으로 실어 달리던 스프린터여!

* 플로렌스 그리피스 조이너 : 1988년 서울 올림픽 육상 3관왕

  (1959년 12월 21일~ 1998년 9월 21일)

가
을
은

가을은 환시와 환촉과 환청의 시간이다. 그런 공간이다. 어
제로 열린 터널이다.

황폐감이 들다

황폐감(거칠고 지치고 쇠약한 느낌)이 머릿속을 들어찬 것인가? 정신이 황폐해져 가는 계절, 육체는 한라산 조랑말처럼 살이 부쩍 오르는데, '동백꽃 아가씨'라는 문구가 내걸린 광고포스터가 하숙집 입구 문설주에 버려져 있었다. 붉은 입술의 아가씨가 나오는 연극은 지난여름 무대를 거둬들였다. 지난여름 폭포수처럼 쏟아 붓던 비로, 집 앞의 땅은 널찍하게 꺼져 들어갔다. 붉은 빛이 감도는 황색 흙이 후욱 짙은 지반 내면의 향기를 허공으로 뿌려대었다. 아스팔트에 갇혀 있던 흙은 변색을 모르면서 무슨 꿈을 꾸고 있었을까? 하숙집 과부 아줌마는 백만 원을 들여 지반 다지기 공사를 해야 했다. 세 명의 인부들이 이틀에 거쳐 아침마다 긴 전선을 들고 찾아왔다. 공기 밥의 흰 김이 모락모락 피어오르는 아침 식탁에 앉아 보리차를 마시며, 나는 땅을 파헤치는 곡괭이의 쇳소리를 듣고 있었다.

아
어
느

것
도

모
른
다

주역과 불교의 연기, 공, 선 그리고 노장, 법가, 칸트, 헤겔, 맑스, 구조주의, 탈구조주의, 기호학, 정신분석학, 아 어느 것도 모른다.

모든 것은 이미지

모든 것은 이미지가 아니던가? 사랑하는 여자도, 간밤의 창녀도, 문학도 인생도 하나의 거대한 이미지 뭉치가 아니던가? 내 책상 위의 여자배우 사진도, 거리를 활보하는 미녀의 긴 다리도, 여고생들의 순수한 웃음도 모두 이미지다. 내 시각을 향해, 내 촉각을 향해, 내 후각 청각을 향해 몰아쳐오는 이미지 조각이다. 어제의 기억과 오늘을 가르는 것은 무엇인가? 어제 오늘 내일, 다 하나의 이미지 테이프처럼 둘둘 감겨져 있지 않는가? 어제 오늘 내일 다 이미지다. 과거 현재 미래란 무엇인가? 이미지의 흐름이요, 이미지의 물결이다. 나는 이미지 너머에 대해, 전혀 알지도 느끼지도 못한다. 나는 실재계, 현상계를 넘은 세계에 대해서는 여전히 장님으로서 존재한다. 실재계와 현상계를 이어주는 통로란 무엇인가? 아주 순수한 마음의 상태에서 받아들이는, 편견 없이 사념 없이 흡수하는 이미지를 통해 겨우 그 통로의 실루엣을 엿볼 수 있는 것이다.

유독 당신이 내 뇌리에

숱한 여자가 스쳐지나갔지만, 유독 당신이 내 뇌리에 화인처럼 찍힌 까닭이 무엇인가? 당신의 끝간데 없는 열정과 티 없이 맑은 순수함 때문이다. 그것은 나이와 수지타산을 알게 되면서, 그 어느 누구도 거들떠보지 않은 채 내다 버리는 것이다. 왜, 당신은 그 버려진 것들의 지역을 떠도는가? 나야말로 버림받은 인생으로서, 그 지역을 고향이나 다름없이 파묻혀 지내왔지만 당신은 어찌하여 그 지역을 떠도는가?

3부

희미한 그리움의 언어

혼자라서 그립다

가을에서 겨울로의 신고식

　가을에서 겨울로, 신고식이라도 하는 양 촉촉하게 비가 내린다. 간밤은 몹시 추워, 붉은 남방을 꺼내 입었다. 겨울잠을 준비하는지, 마지막 생을 발악하는지 모기들이 극성이었다. 뒷자락에 작은 구멍이 난, 검은 남방이 축 어깨를 내리고 옷걸이에 걸려 있다. 남방의 가슴 주머니 안쪽 옷감을 도려내어, 구멍을 때웠다. 바늘로 한 땀 한 땀, 잘려 나간 구멍 주변을 꿰매어 놓았다. 여름 가을이 구분이 가지 않던 지난 계절, 그리하여 늦가을의 밑단까지 흘러든 모기들이 피난민처럼 애처로웠다. 자신의 고국을 등진, 패망한 혈족인 양 모기떼들이 천정에 벽에 나무상자 속에 달라붙은 채 싸르륵 싸르륵 시간이 산화하는 소리를 엿듣고 있었다.

계절이 바뀌어 오는 아침, 식탁에 둘러앉은 하숙생들은 기차를 타는 기분이다. 강원도로 달리고 있는 기차 창으로, 방울지는 풍경이 와락 반겨온다. 기차 여행하는 기분이 사실 우주 안에서 지구가 뱅글뱅글 회전 여행하는 것을 고려한다면 단순하지 않다. 즉흥의 감정을 넘어선 하나의 깨달음에 값하는 바가 있어 보인다. 주변 물상이 차르르 뒤로 물러서면, 또 다른 시간대의 능선과 수목들이 펼쳐온다. 사라져가는 것과 살아오는 것 사이의 숨 가쁜 현실을 자명하게 선보인다. 찰라, 손톱 끝을 탁 튀기는 짧은 순간에 이 세상 모든 사연의 희로애락이 다 들어 있다.

삶의 바닥에 놓여있는 것이란

삶의 바닥에 놓여있는 것이란, 들국화의 향기 가득한 꽃병과 반항의 철학자 사르트르와 카뮈의 고색창연한 사진 아래 놓여있는 것이란, 단호하게 말해 무의미이다. 아무런 의미가 보람이 없이 세계가 주저앉는다는 것이다. 의미 없음, 그것은 가장 본래적인 인식이며 각성이다. 아무것도 필요 없어, 도대체 무엇이 나를 이 대지에 매달아 놓느냐 말이다. 날 제발 내버려 둬, 풍선처럼 연처럼 붕붕 하늘의 꼭대기까지 날아가 버릴 거야. 왜 내가 이 지상에서 두 눈 길고양이처럼 굴리며 습관의 굴레에 얽매여 지내야하는가 말이다. 왜 미개한 부족 속에서, 들소 같은 추장의 문신과 눈빛을 동경하며 지내야 하는가 말이다.

태
허

　태허(太虛)는 하늘이자, 아무것도 없으면서 그 자체로 전부
를 말한다.

말
이
란

무엇을 말할 수 있는가? 말은 덫이며, 족쇄이다.

선배가 후배에게 전해주는 사랑은

많고 많은 게 여자이고 언제나 여자는 다시 찾아온다고 원숙한 인생의 선배가 말할 수 있다. 이번이 아니더라도 다시 사랑의 버스는 찾아온다고, 사랑의 쓰라린 상실감에 젖어있는 후배를 향해 위로해 줄 수 있다. 수많은 사랑 중에 하나에 불과하다고, 사랑은 순간적인 불꽃이 아니라 길게 반복, 연속되는 주말연속극이라고 무덤덤하게 인생의 선배는 언제나 후배에게 가르쳐준다. 선배가 후배에게 전해주는 사랑은 박제가 된 새처럼 되어버린 건 아닌가?

오늘 우리의 무미건조한 사랑

영화광고에서, 패션광고에서 심심찮게 만날 수 있는 게 모험적이며 도발적이고 전위적인 사랑이다. 그것의 묘사는 때때로 너무 심하여 비윤리적인 것으로 보이기도 한다. 하지만 그것은 상식적이며 규격화된 오늘 우리의 무미건조한 사랑을 반성하게 한다.

「오
아
시
스」
를
보
고

진작에 이창동 감독은 임철우 소설을 각색한 영화 「그 섬에
가고 싶다」에서 그의 인류학적인 상상과 관심을 표한 바 있다.
이번 영화 「오아시스」에서도 내가 그의 인류학적인 기운을 느꼈
다고 하면 과장이 될까?

배우 문소리 연기 이면에는 「그 섬에 가고 싶다」에서 미친 여
자로 나온 배우 심혜진의 실루엣이 흔들리고 있었다. 오아시스
에서 연기하던 문소리는 우리 인간에게 무엇을 보여주었던 것
일까? 인간이면서 인간이 아닌 기이한 생명에 대해 일러주었던
것은 아니었을까? 문소리의 신체장애자 연기는 여태 인간의 역

사에서 인간의 신성함을 노래하던 온갖 예술이 헛됨에 불과하다는 것을 깨우쳐 주는 바가 있다.

나는 문소리와 문소리의 지체 장애자의 연기 속에서 투명한 몸을 가진 달팽이를 떠올렸다. 달팽이는 누구에게나 유년의 희미한 기억 속 축축한 마루턱을 기어오르고 있던 생물이다. '그'는 어디에도 있지만 어디에도 나타나지 않는 우리 기억 속의 벗인 것이다. 그러나 문소리는 춤을 추면서, 노래하면서, 코끼리를 불러오면서, 아랍 무희와 소년을 불러 오면서 다시 활활 살아나다가 다시, 달팽이로 굽어든다. 문소리는 끊임없이 이성적인 것과 비이성적인 것 사이를 넘나들면서 춤추고 노래한다.

그런데, 우리 '인간'은 문소리를 달팽이와는 구별하지만 달팽이보다 못하게 여긴다. 달팽이는 언제나 혼자 있는 시간에 나타나서는 바닥에 은빛 자국을 남기고 사라진다. 그러면, 달팽이는 영영 다시 찾아 볼 수 없는 것이다. 문소리와 달팽이는 이중성으로 찢겨진 우리 인간 정신의 허위성과 그 현기증을 구토 날 정도로 갈파한다.

나는 내 속 깊은 곳에서 파동 치던 구토 기미를 잊지 못한다. 감히 '너희들'이 우리 인간을 욕되게 하다니… 인간 삶이란 얼마나 고귀하고 아름다운 것인데… 우리 인간이 세워 놓은 숭고한 이성의 탑을 우롱하다니… 나는 「오아시스」를 보고 병신을 운운하며 표 값이 아깝다고 투덜대던 한 사람을 떠올렸다. '당신은 실은 나와 우리의 대변자에 다름 아니구료…'

오아시스, 오아시스, 아랍 여인과 소년과 코끼리를 불러내어 춤을 추는, 그런 공연 춤이 그리워지기도 한다. 반역과 역설과 모순과 그를 통해 구토를 일으키는 것, 우리 인간됨을 모질게 깨우치게 하는 진정한 춤이 그리워지는 가을이다.

나는 읊조린다. 임하소서 임하소서 오~임하소서, 오아시스.

요
즘
의

내

운
수

천산돈(天山遯)

遯은 亨하니 小利貞하니라

돈은 형통하니 바르게 하면 조금 이로우니라

　현재 부딪치고 있는 문제 앞에 슬며시 뒤로 물러서야 할 때
입니다. 숨으면 더욱 더 형통해질 것입니다. 당신은 소리도 없이
조용히 남들이 모르게 숨겨놓은 무기로 일을 잘 해결하고 있습
니다. 그렇게 해야 합니다. 다만, 도피가 아니라 지혜로 물러서
야 합니다. 그러면 뜻밖에 주위가 자연스럽게 해결되고 여태까

지 하던 일을 계속하여야 크게 성공합니다. 현재의 시기는 모두가 마음이 들떠 있어 어떤 일도 잘 풀려 나갈 수가 없다는 것을 염두에 두어야 합니다. 가벼운 질병이 있으나 신경 쓸 정도는 아니고, 지출을 억제하여야 하며, 미혼은 사랑하는 사람끼리 결혼이 성립되기 어려우므로 마음을 정리하여야 합니다.

석가의 미소

우리나라의 유명한 미술사가가 최근에야 하나의 진실을 밝혀냈다며 흥분을 감추지 못했다. 오랫동안 그를 괴롭혀 온 것은 부처의 후광에 새겨진 나선형의 무늬였는데, 비로소 그는 이것이 '기'라는 사실을 알았다고 한다.

우리 선조의 많은 유산 가운데에서는 기의 흐름을 나타낸 문양이 많이 발견되고 있다. 멀리 울주 반구대 암각화에서부터 각종 불교 문화재 곳곳에 기의 실체가 나타나있다. 기의 문양에서 공통적으로 나타난 특징은 회로 혹은 나선인데, 이것을 토대로 할 때 우리는 기의 성질이 기본적으로 뱅글뱅글 도는 것이라는 점을 주목해야 한다. 진작에 주역에서 태극으로 표상한 것도 기의 운행이라고 보아도 무방할 것이다.

우주의 시야에서 보면 블랙홀도 회오리를 일으키며 돌고, 모든 행성이 돌고 있고, 지구에 한정해서 보더라고 태풍 역시 나선형으로 도는 것을 알 수 있다. 삼라만상 뱅글뱅글 도는 것이 기본적인 성질이라고 보아야 마땅할 것이다. 우리 주변에서 쉽세 볼 수 있는 현상 중에는 이런 것도 있다. 욕실에서 보면 구석 하수구로 물이 빨려 들어가면서 회오리를 일으키는 것을 모두 보았을 것이다. 바로 이것은 지구가 자전하고 있기 때문에 발생하는 현상이다.

이렇게 보면 인간에게서도 빙글빙글 도는 현상이 발견되어야 마땅할 것이다. 대체로 '탈 의식' 상태에서 자주 목도할 수 있는데, 가령 무속인의 접신이나 전통 무용가의 춤, 혹은 내공의 무술에서 몸이 도는 현상이 그것이라 할 수 있다. 무당이 괜히 팔짝 팔짝 뛰다가 빙글빙글 도는 게 아니며, 전통 무용에서 몸이 회전하는 현상은 저절로 그렇게 되는 것이지 멋으로 그렇게 하는 것은 아니다. 또한 여러 내공의 무술에서 몸이 회전하는 품새도 마찬가지로 기운의 이끌림에 따른 것이지, 폼으로 하는 것은 아니다. 우리 선조의 유산에서는 이러한 진실이 고스란히 간직되고 있었다.

석가의 미소도 마찬가지의 맥락을 가진다. 열반이든 해탈이
든 그 어떤 것이든 간에 분명히 석가는 탈 의식 상태에서 '천지
기운'을 온몸으로 발현하는 것임에 틀림없다. 모나리자의 미소
가 인위적이고 병리학적이라면 석가의 미소는 자연적이고 해방
적이다. 모나리자의 미소는 안면 근육의 작용에 불과하지만, 석
가의 미소는 신체 전체 작용의 발현이다. 모나리자의 미소가 서
양 춤에 이어지고 있다면, 당연히 석가의 미소는 한국 춤에 이
어져야 마땅하다. 하지만, 현대 한국 춤에서 석가의 미소를 소
중히 섬기는 예를 어디 찾아 볼 수 있을까?

석가의 미소를 체현하는 가운데 진정한 한국 춤의 전통성
한 축이 연속될 수 있으리라, 내 나름의 추론을 해본다.

강을 건너는 일

강을 건너는 일은 존재론적인 전이에 해당하는 사건이다. 서구 기독교에서 전해져오는 출애굽기(Exodus) 일화나 우리 선조에게서 전해오는 공무도하가(公無渡河歌)의 일화나, 결국 그 양자가 말하는 것은 삶과 죽음의 분별을 넘어서는 '열반(니르바나)'에 다름 아니다. 누구에게나 '열반'은 인생의 지고한 숙제로 끊임없이 일상 속에서 제출되지만 그 완전한 해결은 요원하다. 그만큼 '열반'은 힘들고 어려운 문제다.

우
주
의
방

한데서 밤을 지새우고 새벽을 맞는 일이란, 하나의 의식(儀式)이랄 수 없을까? 육체가 피로해지면서, 서서히 밝아오는 아침을 기다리는 일이란, 일상적인 생활과는 거리가 먼 것이므로. 새벽 그 희미한 광채는, 그러나 그 순간의 밋밋한 즐거움을 되새길 여유도 없이, 너무나 빨리 세상 밖으로 사라지고, 그와 함께 우리의 육체도 곧 스러지고 만다. 여름날의 밤샘에서, 밤을 등지고 새벽을 껴안은 일을 통해서, 그 밤샘에 대한 기대감을 채울 만한 것은 무엇인가? 푸른 몸을 날리고 있는 어린 잠자리와, 능숙하게 백열등 곁을 맴도는 나방의 허공을 털어내는 소리 이외에는 더 없지 않을까? 그 소리들은, 어디론가 끊임없이 곤두박질치는 자동차들의 쉰 목소리들의 불협화음으로 들려온다. 한밤의 유일한 생동감의 주체인 그것들은, 빛의 동굴인 방 안으로 들어와 삶을 연장하는 것이다. 그러나 그 곤충들과 날갯짓이, 내 자신 속에 들어와 있다고 해도 무방하고, 이와 마찬가지로 나는, 내 육체는 어느 것에 감싸여 있는 것이다. 그 안에서 나의 삶 또한 초조히 불타오르는 것이다. 내 육체를 담고 있는 커다란 자루에 대해 아는 바가 거의 없다. 그것이, 비좁게 혹은 한없이 넓게 느껴지기도 한다는 것과 그것의 현존성이, 나를 에워싸고 있다는 느낌 정도. 그것은, 한데서 밤새우는 체험을 통해서 더욱 강렬한 감각으로 다가온다. 홀로 어둠을 항해하는 과정에서, 그 고독한 여정에서, 우주가 내게서 그리 멀지 않은 곳 가까이에 현현하고 있다는 것 말이다. 그 우주라는 자루 안에서, 나는 어떠한 몸짓으로 날고 있을까? 내 곁에서 공중을 부유하는 또 다른 생명체의 생김새는 어떠한 것인가? 그것에 대해 아는 것은 전혀 없다.

사
랑
과

문
학
은

Without you, No my Litterture

유프라테스 강과

티그리스 강의 운명

오늘 새벽, 잠결에 들리는 라디오 소리에 잠을 깼다. 천장에 켜두고 잔 형광등이 방안 가득 빛살을 흩뿌려주고 있었는데, 라디오에서는 '티그리스 강'이라는 말이 튀어 나왔다. 현재 미영 연합군이 티그리스 강 상류의 한 도시를 기습하고 있다는 특보였다.

티그리스 강은 유프라테스 강과 더불어 말 그대로 '비옥한 초승달'로 세계사는 기록하고 있다. 바로 이 두 강의 비옥한 땅에서 세계 최초의 문명인 메소포타미아가 탄생했다. 그러나 그 찬란한 역사의 중심지는 척박한 사막의 모래 가루로 주저앉고 말았다. 4,000년 전 문명의 발상지인 이곳은 현재 이라크가 자리 잡고 있는데, 바로 이곳에서 나오는 석유가 또 다시 이곳을 비극으로 몰고 가고 있다. 사실, 석유는 어떤 생물체의 '썩음'의 축적에 의해 만들어졌다는 이론도 있고 보면, 한마디로 이곳 이라크는 죽음의 운명이 반복 순환하는 저주받은 곳이라고 보아도 될 듯하다. 유프라테스 강과 티그리스 강 사이의 땅은 비옥한 땅이 아니라 저주받은 땅인 것이다.

지금 자본주의의 맹주 미국과 영국은 우리 인류 문명의 모태인 메소포타미아의 땅에 폭격을 가하고 있다. 지금 인류는 과거의 찬란한 정신과 최첨단 물질문명 사이의 격투를 목격하고 있다. 메소포타미아에서 전해져오는 '길가메시 신화'와 그 '홍수신화'는 대부분의 신화 인류학자의 견해대로 기독교의 홍수 신화와 인도의 마누 신화 등에 영향을 끼쳤을 정도로 근원적이다. 하지만 역사의 무쇠 수레바퀴는 신화의 땅을 짓밟고 앞으로 앞으로만 나아가고 있다. 자본주의의 무쇠 수레바퀴의 최종 목적지는 우리 인류 사이의 어떤 합의나 동의를 얻은 바 없지만, 미영 연합군에 의해 브레이크 없이 달려 나가고 있다. 유프라테스 강과 티그리스 강 사이에는 한때 숭고한 인류 정신이 꽃피었고, 이것은 전 세계 문명에 지대한 영향을 미쳤다. 지금 인류의 상황은 자식이 부모의 목을 조르는 반인륜적인 살인 행위가 저질러지고 있는 것과 같다. 앙가주망의 철학자, 사르트르와 같은 사회 참여적인 지식인의 목소리가 더욱 간절한 시대임에 틀림없다.

현대 문명사회라는 괴물

　현대 문명사회는 청년의 젊은 피를 마시고 자라나는 괴물이다. 청춘의 이상과 동경을 게걸스럽게 삼켜버리는 괴물로서의 현대 물질 자본주의 사회는 체념과 무기력을 널리 퍼뜨린다. 산타크로스처럼 풍요로운 상품의 선물 꾸러미를 나누어주며 속삭인다. 이상과 동경을 이것과 맞바꾸자고. 크레타 섬, 미궁 속의 미노타우로소처럼 일곱 명의 젊은 남자와 여자를 제물로 잡아먹는 것이 바로 현대 문명이다.

천안문에서 흘린 대학생들의 피, 남한 사회에서 흘린 대학생들의 피, 그 피비린내 그 잔인무도함의 피의자는 사회주의 독재도, 군사독재도 아닌 그 모두를 포괄하는 근대 물질문명이다. 젊은이의 피가 인니에서도 아스팔트 위에 뿌려졌다. 세계 곳곳에서 숭고한 영혼을 가진 청년들의 씨가 모조리 말려지고 있다. 도대체, 현대처럼 젊은이들의 피를 좋아하던 시대가 있었던가?

동양의 세계관

서구적 사유체계가 이분법 즉, 정신과 물질, 주체와 세계, 무와 존재로 나뉜다면 그 반대로 동양의 사유체계는 이분법을 지양한 일원론에 해당한다. 소립자물리학의 업적은 서구의 이분법보다는 동양의 일원론에 손을 들어주고 있다. 물질과 비물질 그러니까 유와 무 같은 존재론적 대립물이 실은, 엄격하게 분리될 성질이 아니고 상생한다고 밝혀진 것이다. 서양에서의 무는 유의 반대개념일 테지만, 동양에서의 무는 유를 만들어내는 원천으로서의 무다. 양자역학에서 논의되듯, 분자들 사이의 빈 공간 즉 무는 에너지의 이완상태이며 분자는 에너지의 충만 상태이기 때문에 결국 물질과 비물질(무, 정신)은 에너지의 조합 상태 즉 양의 문제인 것이지 질적으로 분별되는 것이 아니다.

어떻게 해서 참으로 진보한 동양 세계관이 탄생할 수 있었을까? 그 이유는 이렇다. 동양은 농경적 환경 문화 사회 안에서 인간과 자연을 둘로 나누어보지 않는 사고방식을 잉태 발달시켰다. 이에 반해 서양은 유목민적인 생활 속에서 그러니까 정착하지 않고 끊임없이 이주하는 생활을 통해서 자연과의 혈연적 친밀감을 가질 수 없었고 이 과정에서 자연은 인간에게 하나의 대상으로서 자리 매겨진 것이다. 이렇게 해서 전자는 인간과 사물을 하나로 보고, 후자는 그것을 둘로 쪼개어 보는 사고가 만들어진 것이다.

주역은 유물론이다

주역으로 대표되는 중국 철학은 결국 유물론이다. 맑시즘과 함께 걸어가는 역사유물론이다. 주역과 역사유물론의 차이점 중에 하나는, 전자는 순환론에 후자는 직선론에 기반한다는 사실이다. 그러나 곡선 위의 일정 지점은 직선이라는 점에 착안한다면 장구한 순환론적인 역사속의 현재를 지배하는 사관은 직선론이다. 우리 인류 역사는 단 한번도 원점을 돌아본 경험을 갖고 있지 못하며, 그러한 원점은 언제나 앞에 놓여있다는 점에서 순환론은 직선사관으로 통한다.

삶은 죽음을 이은 것이고,

죽음은 삶의 시작이니

삶은 죽음을 이은 것이고, 죽음은 삶의 시작이라고 한다. 사람의 삶은 기가 모인 것이다. 기가 모이면 사람이 살아나게 되고 기가 흩어지면 사람이 죽게 된다. 삶과 죽음 사이에는 오로지 기가 순환한다. 사람들은 좋아하는 것을 신기(神奇)라고 하고, 싫어하는 것을 취부(臭腐)라 하지만 신기가 취부가 되고 신기가 취부로 변화한다. 그래서 장자는 말했다.

"온 천하를 관통하는 것은 일기(一氣)일 뿐이다."

무
와
유

서른 개의 바퀴살이 한 개의 바퀴통에 모이는데, 바퀴통 속에 아무것도 없기 때문에 수레의 작용이 생긴다. 찰흙을 이겨서 그릇을 만드는데, 그릇 속에 아무것도 없기 때문에 그릇의 작용이 생긴다. 방을 만들 때 방문과 창문을 뚫는데, 방문과 창문 안에 아무것도 없기 때문에 방문과 창문의 작용이 생긴다. 따라서 있음이 주는 이로움은 없음이 작용하기 때문이다.

이렇게 유에 집착하고, 무에 얽매이는 사람들에게 「노자」 11장은 지혜를 주고 있다!

신이 우리 곁에서 사라지고 난 후

신이 우리 곁에서 사라지고 난 후, 아니 우리로부터 추방당한 후 우리의 삶은 얼마나 윤택하고 행복해졌는가? 엄밀하게 따져보면, '신의 부재'는 근대 부르조아에 의해 시민사회 건설에 이바지하는 거대한 이념적 기획이 아니었던가? 근대사회의 사상적 기초는 신의 부재에 기반한 인간 이성중심주의이며, 이에 따라 교육, 제도, 정치, 과학, 철학이 재편성되었던 것이다. 하지만 그런 가운데에서도 도대체 '신의 현존'을 떠받드는 종교는 완전히 사멸되고 만 것이냐 하면 그렇지 않다. 전 근대사회와 차별되는 사상적, 이념적 원리는 근대사회의 건설자에 의해 개발, 발명된 것이다. 따라서 근대사회가 전 근대사회의 모순을 지양한 필연적인 모델이라는 주장에는 문제점이 한두 가지가 아니다.

앙
리
바
르
뒤
스
의
「지
옥」

앙리 바르뒤스의 「지옥」은 훔쳐보기, 즉 요즘말로 몰래 엿보기의 원조 격이다. 시적 문장에 스며든 화자의 놀라울 정도의 감정이입과 고적한 분위기는, 마치 현재의 내 삶이 누군가에 의해 낱낱이 들추어지기라도 하는 것처럼 소스라치게 한다. 화자의 바삭바삭 마르는 숨소리와 내면 깊이 울리는 언어는, 독서하는 내 자신을 한 마리의 박새로 만들어버리는 이미지의 폭풍을 거느리고 있다.

섬
—
3

섬은 하나의 가능성이며, 가능성의 무덤이다. 제주도는 육지에서 보면 새 삶의 터전이다. 섬 안에 있고 보면 삶은 하나의 감옥이다.

가물가물한 글쓰기의 수평선

가물가물한 글쓰기의 수평선이 내 생애를 달라지게 했다. 난, 내 속에서 그렇게 다채로운 감정이 파도치고 있다는 데에 번번이 놀라곤 했다. 대문 밖으로 언제 한번 어깨 주욱 펴고 나아가 보지 못했던 시절, 그 어두운 시절을 줄곧 나의 불규칙하고 가파른 호흡과 함께 하며 떨리는 그림자처럼 동행했던 것이 글쓰기였다. 펜촉과 흰 종이 앞에서, 나는 가장 순수한 처녀의 육체로 변신할 수 있었지만, 막상 글쓰기에 들어서면 나는 독한 문둥병을 앓아야 했던 것이다. 펜촉은 매번 아슬아슬하게 잉크

방울을 흘려놓으면서, 내면의 글쓰기가 실은 나를 둘러싸고 있는 밖의 계절과 풍경의 세상을 옮겨오는 행위라는 걸 일깨워주었다. 밖의 세상과 단절해 헛간 같은 내면으로 도피하려는 나의 기대가 허물어졌다. 글쓰기에서 또다시 일그러진 나를 맞이해야했기에 버림받은 불치병 환자처럼 젊은 나날 내내 어질거렸다. 숱한 불면의 밤에 쓰고 지우기를 반복하는 동안 몰라보게 내면이 단단해졌다 세상이 게절과 풍경을 성년으로 맞설 수 있는 내공이 생겼다. 하지만 끊임없이 쓰고 지우는 행위는 고행에 맞먹는 것이었다.

갑자기 떨어지는 기온은

갑자기 떨어지는 기온은 세상을 돌려놓는다. 쥐색 바바리를 꺼내 입고, 검정 모자를 쓰고 오전의 한 가운데로 들어간다. 수축한 공기 구슬 사이로, 바람의 길이 열리는 것 같다. 차르르, 그 길로 나의 31살 어제의 풍경이 시리게 열린다. 긴 기차의 차창으로 따라붙기라도 하는 양 어느 시골의 나지막한 정경들이 눈에 담겨온다.

어제란 오늘 나로 하여금 시간의 미아로 만들어버리는 매정함을 보이는 한편, 내 정신의 팔 할을 차지하는 되돌아갈 수 없는 아늑한 기억의 요람을 펼쳐 보인다.

어제란 무엇인가?

어제란 무엇인가? 내 발자국을 따라오는 그림자로서의 어제란 무엇인가? 내 뒤로 멀어져가는 시간의 아스팔트와 가로수들, 그것은 나에게 무슨 의미가 있는가? 지나간 것은 어디로 가는가? 수십 갈래의 물결로 광채로 나에게 모여들다가는 다시 홀연히 사라져가는 그것은 무엇인가? 나는 부단히 어제의 해류의 표면 위에 등을 대고 두두둥 떠 흘러가는 것인가?

어제란 나를 떠올리는 힘이다. 어제란 돌아갈 수 없는 심해, 나는 충만한 어제의 표면을 미끄러지며, 살아가고 있다. 살아가고 있다니, 그저 나는 어제를 등진 채 쏟아지는 남태평양의 광선을 맞는 것이다. 살아있다니, 현재가 내 속에 자라고 있다니, 현재가 비닐종이마냥 반짝거리며 해류에 끌려 대양으로 넘어가고 있다니.

현재란 무엇인가? 현재란 어제를 파먹는 해충인가? 현재란 어제의 바람에 끌려 달아나는 달아나는 이미지인가? 현재란, 어제와 무엇이 다른가? 현재란 찰라이며, 어제란 영원이다. 첫 단추를 잘못 끼운 것처럼, 현재는 어제의 삶에 다 바쳐지는 것이다. 삶의 단추를 제대로 끼우는 것은 불가능에 속한다.

사
람
은

사람은 저마다 한 개의 사전을 가지고 태어난다.

이제 내게 남은 것이란 무엇인가?

소설, 써본 지 1개월 경과 이제 내게 남은 것이란 무엇인가?
헛간의 쾨쾨한 냄새와 탁한 공기 그리고 먼지 묻은 물건더미가
나를 가두고 있다. 애초의 너른 바다에서 불어 닥치는 풋풋한
바람은 어디로 사라진 걸까? 눈썹 적시는 맑은 바람, 그리운 것
은 바로 그것이며 그것의 순간적인 감각이다.

작가의 방

작가의 방 벽은 도배되지 않은 회색 시멘트로 되어 있다. 작가의 방에는 전기 스위치와 백열구가 있다. 화상을 입었는지, 균질하지 않은 시멘트벽은 흉물스럽다. 전기 스위치는 그을린 듯 손때 묻었고, 백열구에서 한 쓰레받기의 빛 무더기가 떨어진다. 황폐한 정신과 빈곤한 생활이 보인다. 지하라는 느낌을 떨쳐버릴 수 없다.

모든 것은 헛것, 이미지다

모든 것은 헛것, 이미지다. 어제와 오늘 바로 지금마저도 이미지이며, 감각 상이며 감각 자료이다. 내가 알 수 있는 것이란 내가 말할 수 있는 것이란 그것뿐이다. 나는 한편의 영상 자료 너머로 펼쳐진, 어둠 속 영사막 너머로 이어진 세세에 내해 단 한 마디도 할 수 없다. 나는 나라는 존재 항아리는 결국, 걸어 다니는 소극장이며 꿈꾸는 영화관이다. 나는 밀폐된 공간 너머에 대해, 아는 것은 한쪽도 없다는 걸 고백해야한다. 나의 시선은 '빛의 놀이'에 머물고 있고, 나의 손가락은 '비누거품'을 만지작거리고 있다. 나의 시선은 곧 사라질 아침 무지개의 색상을 헤아리고 있으며, 나의 손가락은 번번이 빠져나가는 모래가루를 움켜쥐고 있다. 나는, 수천 수만 편의 영화가 상영되는 하나의 빈 창고이다. 빈 창고 안에는 바다도, 구름도, 파도 소리도, 끼룩끼룩 우는 괭이 갈매기도 찾아볼 수 없다. 빈 창고에는 바다와 산자락과 들녘에 대한 실루엣이며 흔적이 그나마 퀴퀴한 향을 풍기며 쌓여있을 뿐이다. 빈 창고, 누가 여기서 구름 한점 없는 맑은 하늘을 보았다 하는가?

헛
것
을
보
았
다

헛것을 보았다, 나는. 허상 망상에 홀렸다, 나는.

어
제
에
서

나
는

빠
져
나
왔
다

어제에서 나는 빠져나왔다. 혼란의 소용돌이로부터 나는, 빠
져나왔다.

무소유의 삶? 아니,
무소유의 삶에 대한 흠모

누구나 간간히 무소유의 성자니 무소유의 스님 혹은 무소유의 철학자 등의 말을 들을 수 있다. 우리나라에서는 법정 스님, 성철 스님이 그런 쪽으로 내세울 수 있는 대표자가 아닌가 생각된다. 그 두 분은 삶과 철학을 올곧게 무소유로 일관했다.

유감스럽지만 한낱 범속한 대중에 불과한 나는 감히 그 높다란 무소유의 삶과 정신을 흉내도 내지 못한다. 그것을 잘 알 뿐만 아니라 그런 삶을 구태여 무리하게 살려고도 안한다. 하지만 무소유의 삶을 살다간 사람에 대한 흠모하는 마음만큼은 가슴 깊이 간직하고 싶다. 그런 자세조차 가지지 않는다면 내 삶은 감당할 수 없을 정도로 돈과 명예와 육욕에 의해 파괴될 것을 염려하기 때문이다.

오래 전에 나는 예배당이라는 데도 다녀보았고, 어머니에 영향 탓에 불교에도 꽤 깊이 정서적 교감을 가지고 있었다. 하지만 사회의 다른 곳도 아닌 바로 종교 단체와 종교인들에게서 더 하면 더했지 작지 않은 인간의 추악한 욕망을 보게 되면서 종교라는 것에 신물을 느끼고 말았다. 그렇지만 내 마음 한 구석에는 여전히 종교에 대한 갈구는 완전히 시들어버린 것은 아니다. 종교적 심성이라고 할 수 있는 것이 나에게 어릴 때나 나이 든 지금이나 떠나지 않는데 나는 그것을 '무소유의 삶에 대한 지향'이라고 바꾸어 보고도 싶다. 하나님과 나와의 일대일 대면 상황에서는 돈과 명예, 육욕 그리고 장수 그 모든 것이 헛된 것에 지나지 않는다는 생각 때문이다.

돈과 명예와 육욕이 보이는 세계의 것이라면 나는 그것 말고 그 너머의 어떤 것에 대한 동경을 간직하고 있었다. 내가 태어나고 자란 고향 제주도의 고향 슬래브 집 앞에는 푸르른 수평선이 펼쳐져 있다. 나는 어릴 때부터 그 수평선이 펼쳐진 고향 앞바다를 거닐면서 무한한 동경심에 빠지곤 했다. 고만한 나이 때의 아이들은 운동장과 동산을 무대로 마음껏 동심을 펼쳐나갔을 것이지만 난 고향 앞 푸르른 바다를 나의 상상과 동경의 운동장으로 삼았다.

그러면서 나는 눈에 보이지 않는 세계의 질서에 탐닉하고 했다. 예배당을 다니면서, 반야심경을 읽으면서, 참선을 하면서 눈에 보이지 않는 세계에 대해 혼자 생각에 빠져들어 가곤 했다. 그런 나의 눈에는 현상의 질서가 크게 매력적으로 다가오지 않았다. 학교를 다니고, 우수한 성적을 내고, 대학에 진학하고, 좋은 직업을 선택하는 그 모든 일들이 마치 나와는 상관없는 일들처럼 눈 밖으로 스르르 밀려나가는 것이었다. 달려가는 고속버스 유리창 너머로 보이는 낯선 도시의 풍경이랄까, 그처럼 눈에 보이는 세계의 일들이 나에게는 다만 스쳐지나가는 풍경에 지나지 않았다.

세월이 흘러간 아주 오랜 후에도 세계의 질서와 일과 원리는 나에게 늘 풍경으로 다가왔다. 때문에 내가 무소유의 삶과 철학의 성자에 지대한 관심을 보이는 것은 너무나 당연하지 않을까? 내 생각엔 무소유로 한 생애를 관통해간 분들에게서 무소유의 삶은 고통스레 인내해야할 또 다른 기제는 펼대 아닐 꺼라고 본다. 먹고 싶은 것, 입고 싶은 것, 눕고 싶은 것, 보고 싶은 것, 듣고 싶은 것, 말하고 싶은 것, 싸고 싶은 것 그 모든 것이 그 분들에게는 하나의 오색찬란한 빛을 발하는 거품에 지나지 않는다는 깨달음이 있기 때문이다.

여기서 하나의 예를 들어보는 것도 좋을 듯싶다. 잘 알려진 원효 대사의 이야기이다. 원효 대사가 캄캄한 밤에 목말라서 주변에 있는 고여 있는 물을 마셨다. 그 맛은 참으로 달콤했다. 그런데, 아침에 깨나고 보니 자신이 간밤에 마신 물은 해골바가지에 들어있던 것이다. 그 사실을 안 원효는 속엣 것을 게워내려고 했으나 조금 후 원효는 커다란 깨달음을 얻게 된다. 이후 원효는 당나라 유학길을 포기하는 대신 모국에서 정진을 계속한다.

이 일화가 말하는 것이 무엇일까? 그것은 바로 현상 세계의 희로애락을 너머선 이데아의 하나(一)에 대한 깨달음으로 요약할 수 있지 않을까? 더러운 것에 대한 싫어함은 역으로 깨끗하고 아름답고 향기로운 것에 대한 좋아함이다. 원효는 바로, 자신이 더러움과 깨끗함을 구별하려는 태도에서 하룻밤 사이에 얼마나 극과 극을 오갔는지를 몸소 체험한 것이다. 인간의 감각 기관으로 받아들여진 '보이는 세상'이 그럴 뿐이지, 실상 저 너머의 세계는 극과 극의 구별이 없다. 그 자체로 완전무결한 것이 사실 우리가 살고 있는 이 세상이다.

몇몇 성인들의 무소유의 삶은 나에게 그 자명한 사실을 일깨워준다. '네가 그토록 집착하는 세상이 한낱 지푸라기에 지나지 않는 것이다.'라고. 이 지상에서 철두철미 무소유의 삶을 관통한 선인들은 그 자명한 진실을 깨달았던 것이다. 내가 다만 무소유의 삶을 흠모하는 것은 그 자명한 사실을 알고 있기 때문이다. 실상 아는 것보다 더 중요한 것은 행동을 동반하는 깨달음이지만, 아직 나에게 그 가슴 환한 깨달음은 없다. 그저 머리로 알고 있을 정도에 불과하다. 그런 가운데 살아가는 나날 동안 무소유의 향기가 내 몸에서 우러날 수 있도록 애를 써 볼 생각이다. 그렇게 될 경우 나는 참으로 행복해질 것이다.

한 죽음을 생각하며 하늘 공원에 오르다

　한 오륙년 전쯤이다. 그때 나는 자주 무용 공연장에 들락거렸다. 횟수로 보면야 한 달에 한두 차례 정도에 불과했지만 그당시 나는 무용에 빠져있었다. 회사나 집 그리고 피시 방에서시도 때도 없이 인터넷으로 접속했던 곳이 무용 사이트와 카페였다.

　그때 나는 대학로의 한 극장 로비에서 지면으로만 대해오던한 시인을 직접 보았다. 사실 그는 시인이지만 그 이상으로 무용평론에 일가를 이루어낸 분이었다. 나는 지나가면서 옆 눈길로 슬쩍 보았을 뿐이다. 그 후로 어두컴컴한 객석에서 자리를 찾고 있을 때 그가 몇 번인가 내 시선에 들어왔다. 그는 벙거지를 쓴 채 좌석에 앉아있었다.

그가 내 의식에 생생한 실물로 자리를 잡을 즈음 나는 모 무용잡지에 실린 그의 글에 관심을 가졌다. 매회 빠지지 않는 그의 무용 평을 보면서 간접적으로나마 무용의 세계에 탐닉하고자 했다. 그의 글에는 항상 그림과 시가 장식처럼 반짝이고 있었다.

한번은 모 여대 후문에 모임이 있어서 모 카페에 간 적이 있었다. 유별나게도 책들이 화분처럼 곳곳에 장식이 되어있었다. 책을 하나하나 살펴보다보니 내가 아는 한 사람의 저작들이라는 것을 알 수 있었다. 바로 벙거지를 쓰고 객석의 한 귀퉁이에 풍경으로 자리 잡은 그 시인. 그때의 모임에서 이런 얘기를 들은 기억이 난다.

"선생님이 한 무용수를 수양딸로 받아들이셨대."

그 후 오륙년이 지나가면서 나는 점점 공연장을 찾질 않았다. 몇 년 간 구독하던 무용잡지가 끊기면서 무용에 대한 관심이며 매혹이 다 사그라지는 듯했다. 그렇다고 영화를 보거나 티

브이를 보는 것도 아니었다. 책을 읽는 것도 시들시들했고. 그 사이에 내게서 떨어져 나간 것은 무용만이 아니다. 조용한 밤 운동장에서 사오 킬로미터 달리기를 하던 일도 사라져버렸다.

그러다가 얼마 전부터 마음 속 깊은 곳에서 솟구쳐오는 게 있었다. 무료하고 갑갑하기만 한 일상에서 탈출하고 싶었다. 그런 내가 두툼한 운동화 한 켤레에 의지해 무작정 도시를 걷기 시작했다. 걷는 느낌을 더 강하게 받고 싶어서 일부러 10여 길로의 배낭을 짊어졌다. 내 발길은 홍대에서 신촌 이대 시청을 지나 청계천까지 이어졌다.

거침없이 도시를 헤쳐 가던 내 걸음은 얼마 전 새로운 코스에 안착했다. 홍대에서 합정을 지나 월드컵 경기장을 경유해 하늘공원을 지나 강변도로로 이어진 코스. 이 코스를 한 달여 하고 난 즈음 불현듯 무용 잡지를 구독했다. 땅의 기운을 받기라도 한 것인지 내 몸은 파들파들 다시 살아 움트는 듯했다. 그 기운에 이끌려 나는 그 무용잡지를 구독한 것이다.

오랜만에 받아든 무용잡지에서는 예전 필자들의 글이 잘 보이지 않았다. 벙거지의 무용평론가의 글은 읽을 수 있었다. 우연히 그 잡지 한 귀퉁이에서 그가 앓고 있다는 소식을 볼 수 있었다. 하지만 그는 울창한 느릅나무처럼 내내 버티어 갈 것으로

201

만 알았다.

그런 그가 오늘 받아든 8월 호에 마지막 소식을 알려주었다. 그는 대지(大地)로 돌아간 것이었다. 우리 모두가 떠나왔던 바로 그곳으로 돌아간 것이었다. 나는 배낭을 메고 하늘색 벙거지를 쓰고 월드컵 경기장 옆 하늘공원으로 향했다. 나와 그 사이에는 아무런 교류가 없었다. 나는 그의 죽음, 돌아감에 대한 생각에 빠져들었다.

내 걸음은 어느새 월드컵 경기장 옆 공원의 천상열차분야지도(天象列次分野之圖)에 다다랐다. 하늘의 별자리들을 몇 바퀴 돌면서 내가 알던 한 사람이 돌아간 곳을 찾아보려고 애썼다. 내 별자리도 찾아보다가 발길을 돌려 하늘공원으로 향했다.

하늘 공원에는 하늘의 푸르른 천장이 이마에 닿을 듯이 내려와 있었다. 나는 시간의 바람에 서걱거리는 억새 숲 사이로 난 자갈길을 걸어갔다. 자갈길을 돌고 돌자 하늘을 돌리는 거대한 풍력발전기가 나타났다. 풍력발전기만큼이나 이곳에서 나는 너무 어색했다. 더 이상 떠나 갈 곳이 없는 여여(如如)한, 고향에 대한 갈증이 일어났다. 나는 바람을 타듯이 훨훨 걸어 나갔다.

밀양 북춤을 보고

우주를 상대로 인간이 내세운 유일한 도구가 북일 것인가? 북을 들고 있으니, 인간이 비로소 우주의 호흡과 맥박을 느낄 수 있는지 몰랐다. 북을 들고 선 사람은 망망대해를 앞에 둔 것처럼, 운명이여! 올 테면 와 봐라 하고 호령하는 것 같았다.

북의 울림은 우주와 인간의 내밀한 속삭임과 같았고, 사람은 차라리 북에 이끌려 걷고 돌다가 멈추는 허수아비와 같았다. 파도치는 북의 울림을 거느리는 어느 순간, 북잽이가 북채를 지그시 멈추자 우주도 인생도 호흡을 그쳐버렸다. 오른손에 붙들린 막대기 하나가 우주의 중심이 되고, 다시 북잽이가 불어오는 맞바람에 떠밀리듯, 그 바람을 온몸으로 삼켜 다시 느리고 잔잔한 동작을 풀어낸다. 승무나 살풀이에서 진작에 보지 못한, 잔꾀 없는 춤사위가 이어졌다. 춤 동작 하나 하나가 건강하고 맑고 그러면서 그윽하다.

북잽이가 북을 놓고 무대에 나설 때는, 아 우리 인간이 잃어버린 것은 무엇인가에 생각이 미쳤다. 인간에게서 북이 떨어져 나가면서 우주와 인간 사이에는, 노래와 가락 대신에 침묵의 무게가 짓누르고 있는 것은 아닌지. 우주와 인간 사이에 예수와 석가와 마호메트가 자리잡은 것은 아닌지.

북을 풀어놓고 홀가분하게 나선 북잽이는 이미, 북잽이가 아니다. 그는 북에 대한 기억이 전혀 없던 자다. 몸에 붙어있던 북과 북의 진동에 대한 희미한 기억이 전혀 없다. 바로 지금, 이전에도 이후에도 없는 유일자로서 그는 춤추어나간다. 이미 그는, 우주의 손바닥 위로 나선 것이므로 그는 되는 대로 춤을 춘다. 그의 춤은 우주의 가락에 이끌려 추어지는 춤이리라. 그는 이미 육신 없는 영혼으로 춤을 풀어내는 것이다. 북이 사라지고 육신이 사라지고 나서 추는 춤은 우주 그 자체라 해야할까? 북을 놓아버린 북잽이는 육신을 놓아버린 영혼이 아닐까?

홍신자를 위한 변명

혹은 나를 위힌 변명

한 예술가의 예술 인생 30주년을 기념하는 공연은 그 자신에게서나 그를 사랑하는 관객에게서나 모두 소중한 축제로 자리 잡습니다. 그런 소중한 날에 우리 관객은 다른 어느 공연에서보다 더 설레는 기분에 사로잡히기도 하며, 한편 한 예술가의 삶에 '외경'하는 마음마저 가집니다.

이번 홍신자의 30주년 공연은 바로 그러한 경우에 속합니다. 나는 그의 공연을 찾은 많은 관객 속에 섞인 채로 숨을 고르며, 그가 등장하는 시간까지 기다리며, 어떤 감동의 빗자루에 흔쭐나게 두들겨 맞으려나 하고 내심 기대하고 있었습니다. 그가 대중들에게 널리 선포해 놓은 예술 외적인 후광으로서의 구도니, 우주니, 명상이니 하는 것 말고 오직 춤 하나를 느껴보고자 했습니다. 명상이니 우주니 구도니 요가니 하는 것은 오직 춤을 통해서 춤으로 보여야지, 춤 바깥에서 춤을 신비화하는 광고 문구로 사용되어서는 안 되지 않을까 하는 의문을 가졌기 때문입니다.

홍신자의 무대를 기다리는 동안, 고삐 풀린 근대문명 사회의 비명을 함축하는 듯이 계속 달리는 남성 무용수의 춤, 붉은 원피스를 입고 여성 고유의 심리와 사적인 번민을 표출하는 여무용수의 춤, 무당춤에 다름 아닌 듯한 흑인 여 무용수의 춤 그리고 무술 동작을 전격적으로 채용한 듯하지만 자꾸 맥이 풀리고 '기합'이 덜 넣어진 듯한 남성 무용수의 춤이 연달아 이어지면서 나는 무료해지는 것 같았습니다.

그렇지만 홍신자의 무용으로써 그 모든 소품들의 자잘한 이야기들은 아련해질 수도 있으리라는 보상심리를 가졌습니다. 대체, 홍신자의 무대에는 어떤 감동의 폭포수가 쏟아질 것인가 하고 속으로 뇌까려보았습니다. 문학 음악 미술 같은 우리 인간의 '원형'을 재현하는 예술들이 하나하나 그 고유의 기능을 망각하고 폐기하면서, 시대가 감각적이고 즉흥적인 것만으로도 예술론이 성립할 수 있다는 망상에 사로잡히고 있을 때 바로 홍신자가 간은 무용수가 흘로 국미를 시내의 폭닐비에 내리지는 것이라고, 나는 생각했던 것입니다.

하지만 기대와는 달리 홍신자의 무대는 조촐하기 그지없었습니다. 홍신자는 이미 '선각자'의 반열에 들어선 것은 아닐까? 하는 생각이 들 정도였습니다. 자연히 우리는 깜깜한 어둠 속의 '중생'일 뿐이라는 자학이 생겨났습니다. 하지만 머지않아 머릿속으로 숱한 사이비 선각자의 허영이 떠올랐습니다. 어쩌면 허영에 속은 것은 아닌지 하는 의심이 들었습니다.

물론, 나는 홍신자가 바로 그 경우가 아니길 바랐습니다. 그렇지만 홍신자의 30주년 기념 공연의 첫 무대는 하나의 '에피소드'에 지나지 않았다는 게 나의 솔직한 감상임을 부정할 수 없습니다. 홍신자의 30년 춤의 축약을 이 무대에서는 볼 수 없는 것은 아니었는지 하는 생각이 들었습니다. 홍신자는 이번 공연에서 거울을 들고 장난을 하고 침대에서 뒹굴다가 의자에 앉아서 웃습니다. 이미 홍신자는 자신의 춤을 '선(禪)'의 경지에 들여 놓았는가 의아해졌습니다. 홍신자는 자신의 춤으로 유현한 정신의 경지에 도달한 고승들처럼 '화두'를 우리 우매한 중생에게 내놓은 것은 아닌지 하는 의구심이 들었습니다. 그러나 유감스럽게도 나는 홍신자의 웃음을 듣고 속으로 웃고 말았습니다. 제대로 웃어야지, 깨달은 만큼 웃어야지, 웃음으로 깨달음을 보여주어야지, 어찌하여 웃음에 집착이 묻어나는가? 하는 생각이 뇌리를 스쳤습니다.

나는, 요가 계열에서 웃음 요법은 중요한 수련법이자 자기 치유법이라는 짤막한 상식을 가지고 있습니다. 몇몇 나의 체험을 토대로 할 때 웃음은 입술 근육이 아닌 온몸으로 터뜨려야 제대로 된 것이라고 보았습니다. 챠크라든 단전이든 뭣이든 간에 그것에 기반한 웃음을 통해 몸도 웃고 정신도 웃는 것이라고 보았습니다. 바로, 그 전면적인 웃음이 이번 홍신자의 공연에서는 보이지 않았다는 게 내 판단입니다. 그 웃음이 이번 공연의 클라이맥스에 다름 아닌 만큼, 이번 공연은 유감스럽게 김이 빠지지는 않았는가 여겨졌습니다.

이렇게 거칠어진 내 감상은 한 위대한 예술가의 혼에 금가게

하지나 않을 지 새삼 걱정이 들었습니다. '내가, 나야말로 덜 깨달은 게지'라고 자성의 잔을 들이키는 데에도 인색하지 말아야겠단 생각도 했습니다. 부디, 우주를 묵묵히 항해하는 별들처럼 빛을 잃지 말고 제 길을 걸어 나가시길 하는 뒤늦은 바람도 끄트막에 일어나 몇자 적어봅니다.

부슬부슬 봄비 내리던 날, 「행초」를 보고

─ 대만 클라우드게이트 무용단의 공연

추억처럼 어김없이 찾아온 봄비를 미처 짐작하지 못한 저는, 검정 우산을 사고 나서야 예당에 들를 수 있었습니다. 공연의 제목 '행초(行草)'는 서예의 행서와 초서를 줄여서 지었다고 팸플릿은 말해주었습니다. 서예에 문외한인 저는 행(行)과 초(草)의 원초적이며 자연적인 한자 이미지가 마냥 즐겁고 반가웠습니다.

팸플릿을 섭는 내 뇌리에 사상 큰 파동을 군 것은 무엇보나 안무가의 독특한 이력과 그의 창의적인 안무 능력이었습니다. 대만에서 베스트셀러 소설가로 입지를 마련한 후 늦은 나이에 무용을 배우고나서 세계적인 안무가로 변신에 성공한 린 화이민. 그가 헤르만 헤세의 「싯다르타」를 가지고 무용을 안무했다고 하니, 한국에서도 세계적인 문학 작품을 가지고 세계적인 보편성을 획득할 무용 작품을 만들 날이 올 것이라 예감해 보았습니다.

제가 보기에 그는 '무용'이라는 고정 관념에 노출되어 있지 않은 덕택인지, 기성의 무용 공식과는 상관없는 것에서 새로운 무용을 차용한 것으로 보입니다. 쿵푸, 태극권 같은 무술이나 도가의 수련에 대한 관심을 가지면서 인도의 요가를 배웠다는 안무가 린 화이민은 한마디로 기발한 착상에 성공한 것으로 보입니다. 또한 그것은 동양 전통의 사상과 정신에 토대를 두었기에 전 세계적인 보편성과 호응을 얻었으리라 짐작합니다.

어느덧 나지막하게 울리는 종소리를 들으며, 고대하던 「행초」를 보았습니다. 태극권과 쿵푸에다 한 삼년 명상 수련까지 했다던 무용수들이 한 사위 한 사위 춤을 풀어내기 시작했습니다. 무대 뒤 스크린 위에 행서와 초서의 한자가 쓰이는 것과 동시에 무용수가 무용을 했습니다. 무용수는 서예에서 중요한 요소인 '기운생동'의 흐름에 따라 몸을 맡기고 춤을 추었습니다. 무용수는 기성의 무용 동작을 보여주는 게 아니라 우리 동양의 중요한 개념인 '기'의 흐름을 온몸으로 보여주었습니다. 스크린 위에 영(永)이라는 한자가 쓰이면서 무용수는 온몸으로 그 한자의 기운을 역동적으로 펼쳐 보여 주었습니다. 그 동작은 의식적이고 작위적인 것이 아니라 저절로 온몸에서 터져 나오는 듯했습니다.

우리 동양의 문화 예술을 다시금 더듬어 보면, 무용에서는 천지기운(神)을 몸으로 받아 율동으로 표현하고, 서예에서는 붓으로 그 기운을 화선지 위에 흘려 놓고, 무술에서는 그 기운을 역동적 동작으로 표출하고, 종교에서는 그 기운으로 선도 하고 명상도 했던 것입니다. 그런 점에서 이번 공연은 파시스트적인 근대화 속에 박제화된 우리 동양의 무용에서 비추어보면 '반가운 소식'으로 똑똑히 읽혔습니다. 기운은 우리 몸의 평화의 상태를 속임없이 보여줍니다. 무용수가 몸과 정신의 합일의 상태에 이르렀을 때야 터져 나오는 것이 기운입니다. 사실, 기운은 형이상학적이 아니라 형이하학적입니다. 무용의 경우, 기운을 형이상학이라고 하면 이는 사기꾼에 해당할 것입니다.

저는 무대 위 무용수의 춤을 보면서 그 기분의 난조를 느낄 수 있었습니다. 몸 속 깊은 단전(丹田)에서 회오리치며 퍼져 나오는 그 에너지를, 무용수는 가감 없이 보여주었습니다. 계속해서 공연은 무술의 역동적인 미학을 보여주며 전개되었습니다.

저는 그 역동성에 유연한 흐름이 부족하지 않나 하는 아쉬움을 가졌습니다. 잘 된 '무술 춤'을 보기보다는 한 편의 '무용'을 보기를 원했기 때문입니다. 무술은 무술이고 무용은 무용이라는 나만의 고집이 작용했습니다. 단 하나 예외가 있는데, 그것은 이번 공연에서 한국의 승무를 보는 듯한 느낌에 사로잡힌 일 때문입니다. 승무에서 한삼을 놀리듯 무용수는 기다란 검정 천을 놀리면서 서예의 한 획 한 획을 그려 나갔습니다. 그것에서 우리 춤의 한 삼 놀리는 것을 현대적으로 창조할 수도 있으리라는 생각을 해보았습니다.

공연은 내내 관객을 압도하면서 한 치의 빈틈을 주지 않고 전개되었습니다. 그것을 입증하기라도 하듯이 공연이 끝나자 객석에서는 줄기차게 박수 소리가 울려 퍼졌습니다. 하지만 전, 서예에 기댄 '무술'만으로는 부족하다는 아쉬움을 내내 떨쳐버리지 못했습니다. 한국에도 택견, 기천무, 불무도 등등 토속 무술이 적잖이 내려오고 있기에 그런지도 모르겠습니다.

무용이 끝나고 예당을 내려오는 길에는 비가 그쳐있었습니다. 우산을 들고 내려오면서 저는 생각해보았습니다. 일본에는 「부토」가, 대만에서는 「행초」가, 그러면 한국에서는… 하고 혼자 궁싯거려 보았습니다. 그 와중에 우리만의 세계적인 자원이 무엇인가가 자명해졌습니다. 중국은 사회주의화하고 일본은 자본주의화하면서 내동댕이친 것이 바로 유교이자 그것의 중심 사상인 주역(周易)이라는 데 생각이 미쳤습니다. 우리는 북동아시아의 유교 사회에서 유일하게 유교의 전통이 강한데, 일례로 그것은 한글과 태극기에 적용되고 있습니다. 사실, 주역(周易)은 중국 것이라는 반발감도 있을 것입니다만, 실제 재야의 유명한 주역(周易) 사상가인 대산 김석진 옹은 주역(周易)은 고대 한민족에서 유래했다고 주장합니다. 도가의 卐, 불교의 卍은 결국 주역(周易)의 팔괘의 근간인 田에서 유래했다고 합니다. '건태리

진손감간곤'으로 교역하는 태극 팔괘 사상과 음양 오행사상은 도가와 불교와도 상통하는데, 무엇보다도 우리 선조의 천부경에서 고스란히 그 사상의 원천이 발견된다고 합니다. 지금도 민간에서는 윷놀이의 '도개걸윷모'에서 음양 오행사상(목화토금수)이 이어지고 있습니다.

이번 공연 「행초(行草)」에서 무용수의 수가 정체불명의 일곱이라는 점을 보면서 저는 내내 팔괘(八卦)의 여덟 수를 떠올렸습니다. 무대 바닥 위로도 팔괘(八卦)가 변화하는 모습을 보았습니다. 우리 태극기에 그려져 있으나 외면 당한 팔괘(八卦)가 춤 추는 모습을 나는 똑똑히 보았습니다. 차츰 비를 머금은 먹구름이 어둠 속에서도 포근하게 느껴졌습니다. 홀로 집으로 돌아가는 길 내내 가슴이 환해지는 느낌을 지울 수 없었습니다. 접은 우산을 든 채로 타박타박 걸어나가면서…

후
기

오래 전 우울한 내 젊은 날의 기록을 세상에 내놓는다. 그 때나 지금이나 혼자 지내면서 대부분의 시간을 그리움으로 보내고 있다. 혼자일 때 그리움이 가득하다. 많은 분들이 내 젊은 날처럼 혼자인 듯하다. 혼자인 사람이 혼자인 사람을 잘 안다. 세상의 모든 혼자인 분들과 함께 그리움을 공유하고 싶다.

이사를 앞두고 있다. 또 세월의 풍파에 밀려 구석으로 구석으로 이사를 간다. 몇 해 전에 썼던 이사에 대한 시 한편이 내 마음의 풍경을 잘 묘사하고 있다. 이 시를 혼자인 여러분과 함께 음미하고 싶다. 혼자, 자기만의 그리움을 잘 키워보길 바란다. 다음에 또 만나길 기약하며 글을 마친다.

여름에서 여름으로 이사오다

십년 청춘의 피 고름이 고인 단칸방을 떠나

합정 역 반 지하에 입문하다

내 가슴은 라이너 마리아 릴케의

순수한 장미를 떠올리고

내 코끝은

눅눅한 홍대 향기를 떠올리며,

그리하여 나는 내 혼과 더불어

손잡고

중세의 지하 공동묘지 같은

공간에 입문했다

여름에서 여름으로 이사오다

밤새 방의 꿈에서

나는 아득한 시절의 나를 만났고

또 나는 백혈병으로 죽어버린

순백의 영혼 내 여동생도

만났고,

그리하여 나는 내 혼과의 끝 간데없는

여행에서 출렁거리다가

잃어버린 부표처럼 떠밀려나왔다

여름에서 여름으로 이사오다

찬란한 청춘의 시절은 막을 내리고

나는 추억을 먹고사는

미친 여배우처럼 키득키득 웃고

혼자 떠들고 혼자 화내고,

그리하여 나는 텅빈 우주의 손바닥에

홀로 남았고

오래전에 떠나버린 교회를

떠올린다

여름에서 여름으로 이사오다

사람들은 살기 위해 오지만

나는 사람들이 죽기 위해 도시에 오는 것 같다던

라이너 마리아 릴케의 「말테의 수기」를

속으로 되뇌인다

제습기를 돌려 빨래를 말리고

수도 수리공을 불러 옛친구를 만난 듯

잠깐 정겨워하고,

그리하여

강아지가 컹컹 울고 제습기에서 물방울이 뚝뚝

떨어지는 소리를 들으며

속으로 속으로 말라가는 내 눈물을

아까워한다

혼자라 그서립다

초판 1쇄 발행 2020년 5월 1일

지 은 이 고수유
펴 낸 이 고송석
발 행 처 헤세의서재

주   소 서울시 마포구 양화로 64 서교제일빌딩 8층 824호
전   화 (02)332-4141
이 메 일 sulguk@naver.com
등   록 2019년 4월 4일 제 2019-000105호

ISBN 979-11-967423-1-7 03810

＊ 가격은 뒤표지에 있습니다.
＊ 잘못 만들어진 책은 구입처에서 바꾸어 드립니다.

이 도서의 국립중앙도서관 출판예정도서목록(CIP)은 서지정보유통지원시스템 홈페이지
(http://seoji.nl.go.kr)와 국가자료종합목록 구축시스템(http://kolis-net.nl.go.kr)에서
이용하실 수 있습니다. (CIP제어번호 : CIP2020008448)

혼자라서 그립다

혼자라서 그립다